Fan
ファン文庫

茄子神様《なすがみさま》とおいしいレシピ

エッグ・プラネット・カフェへようこそ！

著　矢凪

JN190295

マイナビ出版

Contents

Delicious recipes of Egg planet cafe

茄子神様《なすがみさま》

と

おいしいレシピ

エッグ・プラネット・カフェへようこそ!

序章
茄子神様の蒼空と願いごと

Delicious recipes of Egg planet cafe

三月三日。土曜日、午前十時過ぎ——彩瀬《あやのせ》駅北側ロータリー。

待ち合わせの目印として最近建てられたカラフルな花束のオブジェの前で、山科《やましな》美咲《さき》は姉のように慕っている親友の潮《うしお》が来るのを待っていた。

先に着いてしまい、なんとなく口さみしくて放りこんだブドウ味の喉飴が小さくなった頃、赤紫色のダウンコートのポケットの中でスマホが短く振動した。

『ごめん、今着いた！』

ひとつ隣の駅に住んでいる潮からのメッセージに美咲は『ＯＫ』と返信し、改札に視線を向ける。

ほどなくしてカーキ色のジャンパーに黒のスキニーという動きやすそうな服装をした彼女の姿を人波の中に見つける。手を振ると小走りに笑顔で寄ってきた。

「ごめーん、お待たせ！」

「ううん、潮ねぇが私より遅れて来るなんて、めずらしいね」

「乗ろうと思ったバスがなかなか来なくて……最近ちょっと太っちゃったから、健康のために歩こうかな～とも一瞬考えたんだけど、やっぱり荷物が重くてバスの誘惑に負けた！」

そう言って、潮は背負っている大きめの黒いリュックを見せる。

「撮影道具一式、持って来たの？」

「大事な商売道具だし、大切な相棒でもあるからね。いつどんなときでも一緒よ！　それに、今日は物件見に行くんだから。バッチリ記録係もしてあげるわよ」

「って、そうだった。早く行こう！　庄《しょう》じぃは契約することが決まったら連絡くれってさ」

庄じぃこと久保庄一《くぼしょういち》は美咲の母方の祖父で、この近くにひとりで住んでいる。

「了解。あんなよさそうな物件、掘り出しものかも。急がないとね！」

いつもの調子でしゃべりながら向かったのは、駅前通りから続く彩瀬商店街の一角にある不動産屋だ。美咲が今住んでいるアパートを借りるときにもお世話になっているので、すでに何度か足を運んだことがある。

これから内見させてもらうのは、数日前に美咲がネット上で見つけた居抜き店舗物件。場所は不動産屋のある場所から徒歩二分、同じ商店街の一番端ということもあり、すぐに到着した。

外観は、ひと言で言えば、ザ・昭和な喫茶店。

ダークブラウンを基調とした窓枠や、大きなのぞき窓付きの扉が特徴的で、喫茶店として使われていたのが一目でわかる。入ってみると、意外に広かった。

レトロな空気が漂う店内には、喫茶店時代に使われていたらしい四角い天板のひとつ足テーブルや、やや古くささを感じるえんじ色のソファア、L字形のカウンターと座面の丸いハイチェア。オープンキッチン内の厨房設備もそのまま残されていた。

「へえ……なんだか温かい雰囲気がして、いい感じだね」

「うん、ソファの色が赤ナス色で素敵～」

「……って、そこ⁉　水回りとか日当たりじゃなくて？」

「重要だよ！　だって、これから〝ナスがメインコンセプトのカフェ〟を開こうとしてるんだから！」

美咲のナス好きは、ライクやラブを通り越して、もはや尊いライフワーク。

なんでもすぐに〝ナス〟と結びつけてしまう美咲に、すかさず潮のツッコミが入ったが、当然とばかりに自信たっぷりの主張を展開した。

「わかった、わかった。ナスを活かすためにも、ちゃんと物件を見ましょ」

ふたりは店内をくまなく点検するように——お手洗いの場所や配管の位置を確認したり、まだ使えそうな厨房設備を見たりと、自由に歩き回っていく。

そして、キッチンの奥にあるパントリーに入ったとき。

勝手口を開けた美咲は目を丸くした。

「わあ、裏庭もあるなんてすごい！　ここならナスの栽培もできるかも！」

ところどころ生えている雑草を抜き、しっかり土を耕せば、立派な菜園になりそうだ。

「日当たり、いいね。たしかにナスにはよさそうだし。料理に添えるハーブとか、ほかの野菜も作れそう。それにしても、こんなにいい感じの裏庭まであるのに、この地域で家賃十万ってやっぱり安すぎじゃない？　なにかいわくつきだったりとかしないよね？」

「こんなにいい感じだったら、ここに舞い降りてくるのは、きっといいものだよ」

そんな感想を言い合って、再びパントリーに戻った瞬間だった。

ふたりの視線が同時に、壁面の少し高いところに設置されている白木造りの神棚に注がれたのは、偶然だった。
好奇心旺盛な潮は、すぐに興味津々といった様子で神棚に近づいていき、一方の美咲は
パントリーとキッチンの境目で客を見守るようにして立っていた不動産屋のお姉さんに、
直球で疑問を投げかける。
「この立派な神棚は……？」
「ここの大家さまのご祖先さまが神主をされていたとのことでして……もしこちらの物件
にお決めになるようでしたら、『賃貸契約』とは別に、店内にあるすべての家具や設備を
合わせて『造作譲渡契約』を結んでいただくことになります」
「ぞうさくじょうとけいやく？」
はじめて聞く単語に首を傾げた美咲に、不動産屋のお姉さんがナチュラルな営業スマイ
ルを返してくる。
「はい。その契約を結ぶことによって、この物件内にあるものすべての所有権が借主さま
に移りますので、あとはご自由に、ということになります」
「ち、ちなみに確認なんですけど、ここって霊障物件とかじゃないですよね？」
先ほどの潮の言葉を気にして恐る恐る尋ねると、お姉さんは心配を吹き飛ばそうとする
かのように、自信を持った笑顔で答える。
「そういったことはまったくございません。ただ、ここ一年ほど、借りたいという方との
ご縁がなく、思いきって賃料を下げたばかりなのです」

「な、なるほど。そういうことなら、ありがたく全部譲ってもらってうまく活用すれば、いろいろ安く済むし……うん、いいかも」

説明を受け、納得した様子で頷いた美咲は、そこでふと親友のほうに向き直る。

「潮ねぇ、さっきからなにしてるの？　勝手に触ったらまずいよ？」

不動産屋のお姉さんから話を聞いている間、白木の神棚の前でなにやらゴソゴソと音がしていた気がして尋ねると、潮は「んー？」と、気になる返事をした。

「いや、この扉、開かないなと思ってさ……まあいいんだけど。せっかくだから、神様にご挨拶しておかない？」

「あ、そういうことなら、私も……」

と、美咲は潮にならって神棚に向かって姿勢を正すと、神社でお参りするときのように頭を二度下げ、パンパンと柏手を打ち、再び一礼しながら目を閉じる。

——ここで開くカフェが繁盛しますように！

そう願い終え、目を開けながらスッと頭を上げた美咲は、隣に立っている潮に尋ねる。

「私、気に入ったから、もうここにしたいな……潮ねぇはどう思う？」

「あなたがいいと思ったんなら、いいんじゃないかな！　こういうのは直感も大事だし」

「うん、じゃあ……決まり！」

そうして契約のため不動産屋まで戻ろうと、お姉さんや潮に続いて店の外に出ようとしたときだった。

――待ってくれ……誰か……助けてくれ！　水……水をくれ！

突然、どこからか聞き慣れない声に引き止められた気がして、美咲は振り返る。

「……？」

電気が消された店内をキョロキョロと見回して声の主を捜す。

すると、さっきまでは見えなかったのに、淡く光を放つ小さな球体がフヨフヨ～と宙に浮かんでいる。不思議と怖い感じはなく、美咲がそれに引き寄せられるようにして店の奥……つい先ほどまでいたパントリーの中へ入っていくと、光は神棚の扉の中にスッと吸いこまれるようにして消えた。

「なに……今の？」

幻覚でも見たのだろうかと美咲は目を一度こすってから、恐る恐る神棚に手を伸ばす。

そしてゆっくりと扉に指をかけ、そっと引っ張ると、思いのほか簡単に開き――。

次の瞬間、わずかに開いた扉の中から、丸くて艶々した紫色のなにか、が勢いよく飛びだしてきた。

それも、パンパカパーン！　と、なぜか陽気な効果音付きで。

「おうっ！　ここを開けてくれるの、えらい長いこと待っとったんや！　いやーホンマ、待ちくたびれてもーたわ！」

「きゃあっ!?」

紫色の物体が突然しゃべりだし、驚いた美咲はビクリと肩をふるわせて悲鳴を上げた。

それから美咲は慌てて神棚に手を伸ばし、今開けたばかりの扉を元どおり閉じる。

「わ、私、なにも見てないよね……」

誰かに確認するようにそうつぶやいたが、まだ目の前に見えている。謎の物体。

手のひらサイズの丸ナスに、つぶらな瞳と小さな口が付いた生き物は依然として神棚の前で浮遊していて。

それどころか、豆粒みたいに小さな手足をジタバタと動かして暴れていた。

「おいこらっ！　あっさりと見んかったことにすんな！　俺様は幻覚でもオバケでもないで！　それから、水！　はよ水くれんと、俺様ひからびて、しんでしまうわ！」

「え、あ……はい。水……これでよければ……」

と、呆然としながらも、美咲がカバンからペットボトルのミネラルウォーターを取りだすと、謎のナス形浮遊物体が勢いよくそれに飛びついてきた。

「おおっ、ほな、ありがたくいただくで！」

そんな声が聞こえた直後、ゴクゴクと喉を鳴らしながら水を飲む音がした。

みるみるうちに中身が減り、フタを開けてもいなかったペットボトルが空になった。

「ぷは～っ！　生き返る～！　俺様、降臨っ！」

「いや、一、二頭身でそんなカッコイイこと言われても……あれ？」

そこでふと、豪快な飲みっぷりを披露してくれた謎のナス形浮遊物体を美咲はまじまじと見つめ直し、ハッとあることに気づいた。

「あなた……私が小さい頃、大事にしてたナスのぬいぐるみ!?」

「はあっ？　ぬいぐるみ言うな！　神様に向かって」

「うん、やっぱり『ソラ』だ！　無くしたと思ってたのに、なんで、ここにいるの!?」

戸惑いつつも、いつの間にか親しげに話す美咲に、謎のナス形浮遊物体は、にんまりと笑って名乗りを上げる。

「たしかに俺様の名前は『ソラ』やけど、ぬいぐるみちゃうで。五穀豊穣《ごこくほうじょう》と縁結《えんむす》びを司《つかさど》る超有名な茄子神様《なすがみさま》──青い空を意味する〝蒼空《そうくう》〟と書いて『蒼空《そら》』っていうんや！」

「なす……がみさま？」

「ああ、そうや。で、こうして俺様を助けてくれたお礼と言っちゃーなんやけど、なにかひとつ願いごと、叶えたるで！」

「願い……ごと……」

愛着のあったぬいぐるみそっくりのフォルムだったせいか、美咲は目の前で起きている不思議な出来事を受け入れはじめていた。

そして〝願いごと〟という単語が持つ、あやしくも魅力的な響きに惹かれていた。

お店には縁起や運も大事だ、と庄じぃが言っていたのを、頭の中で幾度か反芻したあと、ある人物の姿を思い浮かべた。

「ほ、本当に……叶えてもらえる？」

「おう、神様に二言はないで！」

「じゃあ……」

と、美咲がゴクリとつばを飲み、願いを口にしかけたときだった。

「おっと、忘れとったけど、叶えるためには条件があるんやった！」

「条件？」

「せや。面倒やと思うかもしれへんけど、神様界の決まりでな。願いごとを叶える代わりに、人間は俺様の神力を蓄えるための協力をするんや。で、神力が満タンになったときにねーちゃんの願いを叶えたるっていうわけや。どうや？」

「ど、どうやったらその〝神力〟っていうのを蓄えられるの？」

「せやな、神力の素になるんは主に人間の出す〝陽の気〟や。ねーちゃんはこれからこの場所に店を開くんやろ？　ほな、その店でぎょうさんうまい〝ナス料理〟を振る舞って、人間たちに喜んでもろたらええんやないかな」

普段の美咲なら、己を神様などと名乗る怪しさたっぷりな奴の言うことなど聞き入れなかっただろう。しかしその見た目が幼い頃、大事にしていたナスのぬいぐるみとそっくりだったせいか、あるいは軽妙なその語り口にまんまと乗せられたのか——。

「……わかった。契約する」

気づくとそう答えていた。そして、その返事に茄子神様の蒼空がふわりと笑う。

「よしきた！　ほな、ねーちゃん、名前は？」

「山科……美咲……山科美咲、です」

「ほお、山科とはまた、ナスにまつわるええ氏《うじ》を持っとるな。ほんなら、手ぇ出してや」

「……手？」

「せや、俺様の手に、美咲の手を合わせるんや」

「こ……こう？」

美咲にはなにがなんだかわからないが、言われるままに小さなナス形の体から伸ばされている手らしきところに、人差し指でちょんと触れる。

その状態はまるで、いつだったか家族と一緒に観た、名作SF映画に出てきた宇宙人と少年の有名なシーンみたいだな、と美咲はふと懐かしさを覚えた。

すると本当に映画と同じように、指先が淡い緑色に発光しはじめ、じんわりと温かくなってきて――次の瞬間、それまで聞こえていた声とはちがう、鈴のように澄んだ声が頭の中に響いてきた。

――我、蒼空の名を以《も》って此処《ここ》に縁《えにし》を結《けっ》す。其《そ》の名は山科の美咲、我と共に人間と茄子の架け橋となることを願わん。

シャンと錫杖《しゃくじょう》を打ち鳴らしたような音がして、紡がれた言の葉が空気に溶けていく。

胸の奥が震えるような不思議な感覚に包まれる。

目を瞑っていた美咲は、ふと瞼の裏に、三人の少年が竹林《ちくりん》に囲まれた神社の境内で笑い合っている姿を見た気がした。

どこの竹林？　あれはいったい――？

ここは彩瀬商店街で、内見中の喫茶店の居抜き物件にいたはずなのに。

「……っと……ちょっと、急にボーッとしちゃって、どうしたのよ？」

肩を叩かれた美咲がハッと我に返ると、親友の心配そうな顔があった。

「え？　あ、潮ねぇ……？　茄子神様は？」

気づくと、パントリーにいたはずが店舗の前に立っていた。

「神様？　なんのこと？　それより、そのナスはどうしたの？」

潮にそう問われ、美咲は自分が両手で〝丸ナス〟を包みこむようにして持っていたことに気がついた。それを見た瞬間、今しがた、自分の身に起きた不思議な出来事が、夢ではなかったのだと理解する。

「えっと、これはその……昔からの、お友だち！　縁起担ぎで……」

そう言い、慌てて隠すようにカバンに押しこむと、「むぎゃっ」という声が聞こえた気がしたが、美咲はそれを無視して笑みを作る。

「あ、そうだ、契約するから、庄じぃに連絡して来てもらわなきゃいけないんだった」

こうして、謎の神様との不思議な出会いはあったものの、美咲は晴れてカフェを開くための場所を手に入れ、一歩を踏みだしたのだった。

——山科、美咲。頼りなさそうやし、俺様をぬいぐるみ扱いするし、大丈夫やろか？

でもまあ、これからよろしく頼むで！

一章
ナス好き店長のある一日

Delicious recipes of Egg planet cafe

近年、住みたい街ランキング上位になった彩瀬は、駅ビルの改築をきっかけに家電量販店やショッピングモールがオープンして以来、若者の街としてのにぎわいを見せている。

五月九日。水曜日、午前九時少し前――。

朝のラッシュピークを少し過ぎた彩瀬駅前、南口と北口を行き来できる自由通路を通り抜けた瞬間、初夏のすがすがしい風が美咲の頬を優しくなで、長い黒髪をフワリと揺らしていった。

朝のまぶしい陽射しがバスロータリーの中央にある噴水に跳ね返り、キラキラと黄金色《きんいろ》に輝いている。花束のオブジェを横目に、美咲は颯爽と歩いていた。

白シャツにデニム、スニーカーはシンプルな黒、肩にはネイビーの帆布バッグ。

よくあるコーデとはいえ、清潔感のあるこざっぱりとした着こなしが好きな美咲は、今日も元気に、おしゃれにリニューアルされた駅ビルの前を過ぎ、駅に向かう人々の流れにゆるく逆らいながら、下町風情を残した彩瀬商店街に向かう。

新しい商業施設に利用客が流れ、以前ほどの活気はないかと思われた商店街だったが、「儲けは必要だけど、なんとか食べていければ。笑っていればいいことあるさ」といった案配で、今日も朝から商店街の顔見知り同士、朗らかな声で挨拶を交わしあう。

「おはよう、山科さん。カフェのほうはどうだい？　少しは慣れたかい？」

「おはようございます、おかげさまでなんとか……」

「おいっす、美咲ちゃん！　今日も一日、元気に張りきっていこうな！」

「はい！　あ、あとで買いに行きますね！」

世間的には、若い世代のはずの美咲だが、どこか昭和的なズレが、この商店街と合っているようで。開店準備をしている八百屋のおばちゃんや、肉屋のおじちゃんと毎朝の挨拶を交わしながら商店街を奥へと進む。

しばらくして右手に小さな公園の緑が見えてくる。

その公園のすぐ手前にある角の建物が、美咲が経営している店だ。

エッグ・プラネット・カフェ。

昔ながらの喫茶店といった雰囲気を漂わせてはいるものの、茄子紺色のオーニング……日よけ兼、雨よけだけは真新しく、その端に白字で『Egg Planet Café《エッグ・プラネット・カフェ》』と店名が記されている。そんなカフェの前で足を止めた美咲は、帆布バッグから取りだした鍵をドアノブに差しこみ、カチリと音がするまで回し、のぞき窓の付いた扉を押し開ける。

――チリチリリーン

扉の上に付けられたナスの形をしたドアベルの涼やかな音が、静かな店内に鳴り響いた瞬間――店の奥から、日に焼けた浅黒い〝少年〟が駆け寄ってきた。

「おはようさん、美咲、一分遅刻やで！　ってゆーか、はよ水くれ、水っ！　このままやと俺様、しんでしまうわっ！」

健康的な日焼け肌、子猫を思わせるつぶらな瞳は深い紫色、艶《つや》やかな黒髪は寝癖なのかクルンと外巻きにはねている。一見、空色の甚平を着て草履を履いた小学生男子にしか見えない彼だが、実は、縁結びと五穀豊穣を司る『茄子神様』なのだという。

名前は青空を意味する〝蒼空〟と書いて『蒼空《そら》』。

蒼空は見た目の愛らしさには似合わない超速関西弁でまくしたてると、店に入ってきた美咲の腰にギュッと抱きついた。

「わわわっ、蒼空ってばちょっと待って。くっつかないでよ！　お水ならキッチンの蛇口ひねれば出てくるじゃないの。それが嫌なら冷蔵庫に入ってるミネラル……」

「ちゃうねん！　俺様は俺様でも、畑のほうのや〜。俺様、外にはまだ出られへんし！」

「ああ、そっか……裏庭のね。ごめん！」

美咲はすぐに蒼空が〝カフェから出られない理由〟を思いだして苦笑いを浮かべた。

長いこと人間から忘れ去られて、神力不足に陥っている蒼空は、自分の築いた神域……すなわち、このカフェのある建物から外に出ると消えてしまうらしいのだ。

「せやから、ごめん！　やなくて、はよ水をっ！　でもって、アイツらをババッと追っぱらってや！」

「わかったわ。わかったから……って、アイツらってなに？」

美咲は蒼空に背中を押されるようにしてカウンターキッチンを抜け、パントリーへ。

帆布バッグを投げだすように棚に置き、勝手口の戸を開けて店の裏手に出ると、そこには一畳半ほどの小さな畑がある。

一見すると普通の家庭菜園のようだが、植えられているのはすべてナスの苗。しかも、まだ植えられたばかりの若々しい苗。そこに水をまくべく、裏庭の片隅に置かれた菜園用具入れから白いジョウロを取りだすと、小さな水道の前にしゃがんで水を汲む。

その間ずっと、勝手口の戸のところで蒼空が「はよぅ！　急いでや！」と叫び続けているのだ。

ようやく水を汲み終えた美咲は、小さな畑全体に、土がしっとりと潤って色が変わるまで丁寧に水をまいていく。

ナスは水をたくさん与えないと、石ナスという硬い実しかならなくなってしまうのだという。たかが水やり、されど水やりなのだ。

「ほら、たーっぷり水かけたわよ。これでもう大丈夫？」

勝手口のほうを振り返り、確認するように尋ねた美咲だったが、蒼空は涙目になりながらブンブンと首を横に振っている。

「ちゃ、ちゃうねんて！　もっと勢いよく水かけなアカン！　や、ヤッらが大事な葉っぱみんな、食ってまうわ！」

「えっ、勢いよく？　葉っぱ……？」

そこまで言われて、美咲はようやく、蒼空の焦り方がいつも水をねだってくるときとは少しちがうことに気がついた。

蒼空はなにをそんなに焦って……いや、怯えているのか？

美咲は眉をひそめると、ナスの苗に向き直ってしゃがみこむ。それから、雫の滴る大きな葉に顔を近づけてみて……見て――ようやく、つぶつぶとした小さな緑色の物体が大量に動き回っているのを視認した。

「……っっっきゃぁ――っ！　こここれ、アブラムシ!?」

通りをはさんだ向こう側にある、朝の静かな公園にまで、美咲の悲鳴が響き渡る。

「あーもう、叫んどらんで、なんとかしてや美咲ーっ！」

「そっ、それは、こっちのセリフ！　蒼空は茄子神様なんでしょ！　こ、これくらい自分でなんとかできないのっ？」

「できるんやったら頼んどらんわボケぇっ！」

「うっ……」

そうして大量のアブラムシに襲われているナスの葉を前に美咲が頭を抱え、蒼空も勝手口のところで絶望したようにしゃがみこんでいると、そこへ救世主が現れた。

「なんじゃなんじゃ？　みーちゃん、朝から大声出して、どうしたんじゃ～？」

「庄じぃ！　もぅ、みーちゃんって呼ばないでよ」

「だって、美咲じゃから、みーちゃんでええじゃろ」

振り返ると、蒼空のすぐ後ろに、アロハシャツと短パン姿という真夏のような服装に身を包んだ小柄な老人――齢《よわい》八十を越える美咲の祖父、庄一が、ビニール袋を片手に立っていた。

つるんと綺麗に禿げ上がった頭とサングラスに初夏の陽射しがキラッと反射し、ちょっぴりまぶしい、と美咲が思ったのは一瞬のことで……。

「庄じぃ、コレどうしよう！　葉っぱが虫に食べられちゃう！」

すぐに大変な状況を思いだして助けを求めた美咲に、庄一は余裕の笑みを見せた。

昔、有名ホテルの総支配人を務めていた庄一は、どんなときでも冷静さを欠かさない。おまけに、退職してからの趣味のひとつがガーデニングとあって、虫の対処なんて朝飯前なのだった。

「おー、大丈夫じゃよ。こんなこともあろうかと、今日は秘密兵器を持ってきたからのぅ」

サッと外したサングラスを胸ポケットにしまった庄一は、美咲以外の人間にはまだ姿が見えないはずの蒼空の頭をポンポンと優しく叩くと、ニカッと白い歯を見せて笑った。

「秘密兵器？」

いつからナスの葉に虫が付いていることに気づいていたのか、そしてなぜ美咲以外には見えないはずの蒼空の頭を叩けたのか——美咲はふたつの驚きに目をみはる。

庄一は任せろと言わんばかりに大きく頷き、蒼空の脇を通って庭に出ると、ビニール袋から大きなスプレーボトルを取りだした。

「じゃじゃーん！　アブラムシを撃退して葉を元気にする秘密兵器、竹酢液《ちくさくえき》じゃ！」

「ちくさくえき……って、なに？　殺虫剤とはちがうの？」

「竹の炭を焼いたときに出る煙から作られたもんでな、体に悪いもんは一切入っとらん。おまけに、葉の栄養にもなるっていう優れものなんじゃよ」

シュッシュッと庄一がリズミカルに、ナスの葉に液をかけていく様子に、美咲と蒼空は期待のまなざしを向ける。

ところが、葉から竹酢液がポタポタと滴るほどになっても、アブラムシたちの様子に大きな変化は見られなかった。

「……それ、本当に効くの？」

一転して疑わしげな視線を向けた美咲を、庄一は豪快に笑い飛ばした。

「なんじゃ、みーちゃんはせっかちじゃのう。これは虫を一発で駆除するような、強い薬じゃないんじゃよ。ここはワシに任せて。ところで、カフェのほうの準備は大丈夫かね？」

「えっ、うわっ、もうこんな時間!?」

腕時計の針はもうすぐ九時十五分を指そうかというところだ。

カフェの開店時間は十二時だが、まず店先と店内の掃除を済ませてから、商店街で買い出しをする。今日はパン屋に八百屋、肉屋……。開店の前にやることがたくさんあるので、ゆっくりはしていられない。

「急がなきゃ！　じゃあ、庄じぃ、ここはお願いね！」

美咲は祖父に菜園の手入れを託すと、慌てて店内に駆け戻っていった。

美咲の姿が見えなくなったあと――。

「さて、そこの少年。はじめましてじゃな？　ワシゃ、久保庄一と申す、みーちゃんラブの彼氏候補じゃ」

見知らぬ少年の存在をすんなりと受け入れ、茶目っ気たっぷりにウインクした庄一に、蒼空はニッと不敵な笑みを返す。

「俺様の名前は蒼空。庄一殿には悪いが、美咲の彼氏候補の座は譲らへんで！」


蒼空が美咲と出会ってから二か月――。

徐々に神力を取り戻しはじめた蒼空は、まだ外に出ることはかなわなかったが、この日ようやく美咲以外の人間にも少年の姿として見えるようになったのだった――。


裏庭から店内に戻った美咲はすぐに開店準備に取りかかった。

まずは店先の清掃から。箒で店舗の前を綺麗に掃き清め、続いてすべての窓をピカピカに磨いていく。

その次は店内に置かれた家具類。店に入ってすぐ左手、商店街に面した窓際にある四人座れるボックスソファ席、右手の壁沿いに並んだ三つのボックスソファ席、そして中央にあるL字形のカウンター席、それぞれのテーブルの天板にアルコール除菌スプレーを吹きかけて拭く。

ホコリのつきやすい赤ナス色をしたソファの座面は、ハンディクリーナーを丁寧にかける。そうして最後に床をレンタルのモップで拭いて、掃除はおしまいだ。

息つく暇もなく、今度は金庫の中から食材仕入れ用のお金が入った財布を取りだすと、紫色のエコバッグを手に商店街へと繰りだす。

ちょうど、向かいにある花屋『チェリー』の若い女性店長が店先に出てきて、切り花の入った銀色の筒状バケツを並べはじめていたので会釈する。

それから最初に向かったのは、二ブロック駅寄りにあるパン屋『石窯《いしがま》工房サンフラワー』だ。ここではランチの洋食メニューに添えるパンをいつも購入している。

朝七時から営業しているこのパン屋は、ヒマワリの種が入った『ヒマワリあんぱん』が有名だが、ほかのパンもおいしくて、美咲は個人的にもよく買いに来る。

フワリと漂ってきたかぐわしいパンの香りに引きこまれるようにして店の中に足を踏み入れると、明るい女性の声に出迎えられた。

「いらっしゃいませ！」

通勤や通学途中にこの店のパンを買っていく人が多く、八時前後は外まで行列ができるのだが、九時を過ぎれば客足は落ち着いていた。

　こぢんまりとした店内には、コの字形に置かれた棚の上にさまざまなパンが並べられている。商品はどれも籐《とう》の浅型バスケットに盛られていて、それぞれに手書きのオシャレなＰＯＰが付いていたり、月間人気ランキングが貼りだしてあったりと、パンに込められた愛情とお客さんへのメッセージが自然と伝わってくる。

　心のこもったディスプレイを担当しているのはレジに立っている女性で、最近このパン屋の長男のもとに嫁いできたばかりの若奥様、日野結《ひのゆい》だ。

　美咲とは年が近いこともあり、毎日顔を合わせているうちに、互いになんとなく親近感を抱くようになり、月末に商店街の経営者たちが集まる『彩瀬商店会』の会合の場で顔を合わせてからは、気軽に会話する仲になっていた。

「あ、結さん、昨日はカフェへのご来店ありがとうございました」

「こちらこそ、いつもウチのパンをおいしくアレンジして使ってくれて、嬉しいわ。またお邪魔するから、よろしくね！」

「はいっ！」

　ちなみに、昨日の日替わり洋食ナスランチは、丸くて大きなフランスパンの中をくり抜いて、そこにナスや鶏肉の入ったホワイトソースを入れ、チーズをたっぷりかけて焼いたパングラタンだった。

「それで、今日はこの白パンがどういう風に変身するのか聞いてもいいかしら？」

「はい、ええと……角切りにしたナスと刻んだトマトとタマネギを炒めて、ケチャップとカレー粉で味つけしたのを、溶けるチーズと一緒にはさんで焼く、ピザ風ナストマサンドです」

「わ、おいしそう！　休憩時間にまた食べに行っちゃおうかしら？」

まだ温もりの残っている白パンを薄茶色の紙袋に詰めながら、結が言うと、会話を聞きつけた店主で結の夫が奥から出てきて口を尖らせた。

「おーい、今日は俺が先に昼休憩、取る番だからな～」

つまり、結はカフェのランチタイム内には休憩を取れないという意味だろう。

「あなたってばもう、わかってるわよー。ごめんなさい、でもまた今度、必ず伺いますね」

「はい、お待ちしてます！」

ちょうど会計も終わり、美咲はお礼を言って店をあとにした。


次に入った八百屋の『やおはち』。

扱っている野菜は産直が多く、朝採りの新鮮なものも並ぶ。

店の主人は、白髪混じりの初老の男性で、いつ見ても無愛想かつ無口ということもあり、近寄りがたい雰囲気を漂わせている。どう考えても客商売向きではない店主にも関わらず、この八百屋がそこそこ繁盛しているのは、ひとえに明るいおばちゃんのおかげだ。

しかしめずらしく、そのおばちゃんの姿が見えない。今朝、店先の掃除をしているときに挨拶したので、どこかにはいるのだろうと思いながら、美咲はテキパキと必要な野菜を選んでカゴに入れていく。そして店の奥にあるレジまで進み、とくに会話もないまま淡々と会計を済ますと、美咲は店に背を向けた。

そこへ、いつもの明るい声が、少し慌てた様子で飛んできた。

「あっ、山科さん、待って！　例のもの、仕入れておいたから見ていって！」

ぽっちゃり系の小柄なおばちゃんが、ピンク色の胸当てエプロンの紐を結びながら、店の奥からパタパタと駆けだしてくる。かと思うとおばちゃんはすぐに、店の隅に積まれていた段ボールを開けはじめた。

数日前、美咲は『やおはち』のおばちゃんに頼みごとをしていた。

たまには、変わった種類のナスを料理に使ってみようと思い立ち、いつも店頭に並んでいる種類とはちがうナスを仕入れてくれないか、とお願いしてみたのだ。

「まったく、父ちゃんったら、なんも言わないなんてダメじゃないの。山科さんは大事なお客さまなんだからね！　ほら、ちょっとはなんとか言ったらどうなの！」

無言を貫き通す亭主に、半ば慣れた様子でぼやいてから、美咲のことを手招いた。

「頼まれたとおり、変わったナスをいくつか仕入れてみたわよ。これ、どうかしら？」

そう言いながら箱から取りだされたのは、赤紫色の細長い……三十センチを超えるかというナスだ。こういう種類が存在することは、ネットで見かけて知っていた美咲だったが、実際に手にしてみると、その長さといい重さといい、なんとも驚かされる。

「わあ、とっても長くて立派な大長《おおなが》ナスですね！」

「あらさすが、ナスのカフェをやってるだけあって、知ってたのね！」

「でもこうして実物を見たのははじめてなので、ビックリです！」

目を丸くしながらそう言った美咲に対し、おばちゃんは得意げな表情を浮かべる。

「ふふっ、おもしろいでしょう？　で、これは使えそうかしら？　知り合いの農家さんにオススメされたから、試しに数本だけ仕入れてみたんだけど……」

長いナスをビローンと持ち上げて、美咲の前でユラユラと揺らしてみせたおばちゃんは、機嫌よさそうに古時計の童謡を口ずさみはじめる。

その発想に、美咲は思わず吹きだしそうになりながら頷いた。

「はいっ、ありがたく使わせていただきますね！」

「そりゃよかった！　あとはね、こーんなちっちゃいのもあったのよ！」

次に箱から出てきたのは、ミニトマトほどのサイズの小さなナスだった。

先ほどの大長ナスと並べて比べてみると、まるで背の高いお父さんと産まれたばかりの赤ちゃんくらいの差がある。

「山形産の『小丸《こまる》ナス』。漬物向きだそうなんだけど、小丸なだけに小さすぎて困るわねぇ……うふふふっ」

「……え、えーっと。困っちゃうなぁ、なんてね。それも買いますね」

おばちゃんとの会話にうまく乗っかれたことにホッとしながら、美咲は愛想よく笑った。

「あら、ノリがいいのね。昔話をひとつ、おまけしちゃう」

美咲の反応に気をよくしたおばちゃんは、ひとりでペラペラと話し続ける。

「おたくの店の場所、実は昔、ナス料理をメインに扱ったお店があったのよ。偶然なんだろうけど、懐かしくなっちゃうわ」

美咲は、それは初耳だと思いながら、話の先に興味を持った。

おばちゃんはなぜか照れくさそうに話しだす。

「あなたのお店があるところ、いろんな人が喫茶店を営業してきたんだけど、私が小学生の頃にマスターをしていた人が、ナスが好きで好きで。当時にしてはめずらしい、スラッと背が高くてちょっと色黒の渋いおじいさんと、色白で優しそうなおじいさん、ふたりでお店をやっててね。裏庭でナスを育てていたりもして。なんでも、昔は京都で神主さんをしてらしたみたいで、知り合いの夫婦なんか、結婚するときに祝詞《のりと》をあげてもらったりしてねえ」

「へえ……そうだったんですか」

美咲は物件を内見したときに、不動産屋からチラッと聞いた話を思いだしながら相づちを打ち、話の先を促す。

「それで、小学校の帰りによく親に黙ってその喫茶店に寄り道してね、父ちゃん……今の亭主と一緒にこっそりミルクコーヒーを飲ませてもらったり、おやつ食べたり……ああ、懐かしいわあ……」

「そうだったんですか……あの、今そのおじいさんたちは？」

と、考えなしに自分の口から飛びでた言葉に、美咲は慌てた。目の前にいるおばちゃんが幼い頃、すでにおじいさんだったというのなら、答えは聞かずともわかる。

無粋な質問をしてしまったと反省する美咲だったが、おばちゃんはとくに気にした様子も見せず、目尻の皺を深くする。そして、自分の胸をトントンと優しく手で叩いて頷いた。

――ここに、いるわよ。

美咲にはおばちゃんがたしかにそう言ったように聞こえ、とても大事な存在だったのだと思ったら、不覚にも涙腺が緩みかけた。

「まあそんなわけで、私ゃ、あの場所がまた、みんなが笑って集まれるような素敵な店になるよう期待してるよ。また、めずらしいナス仕入れとくから、楽しみにしといて！」

「……はい、ありがとうございます」

ヘタの部分まで収まりきらないほど長い『大長ナス』と、コロコロとかわいらしいフォルムの『小丸ナス』がたくさん詰まったエコバッグを持って、美咲は八百屋『やおはち』をあとにした。

次に向かったのは、すぐ隣の精肉店『肉のもぐもぐ』。

ここは夕方になると、行列ができるほどおいしいと噂のメンチカツやコロッケを売りだす。美咲はカフェをオープンしてから夕方に行くことが難しくなり、久しく食べていないが、目を閉じれば、ジュワッと口の中いっぱいにあふれ出る肉汁の感じがよみがえり、思わずよだれがこぼれそうになる。

当然ながら、この店は肉の惣菜だけでなく、肉そのものも質がよく、おまけに店主のおやっさんが気さくでおもしろいというのも人気の理由のひとつだった。

「お、美咲ちゃん、いらっしゃい！　今日はなんにするんだい？」

「鶏のむね肉、お願いします」

「はいよっ！　むね肉は疲労回復にバッチリだからねぇ、今日みたいな暑くなりそうな日にゃピッタリだな！」

白くて太い眉毛が特徴の、通称おやっさんが手際よく肉を紙で包みながら言う。

「そういや、ゲンちゃんとこ、ついこの間産まれた孫連れて、娘さんが帰ってきたって話はもう聞いたかい？」

ゲンちゃんというのは『やおはち』のおじさんのことで、このおやっさんとは幼なじみの大親友らしい。そんな意外な人間関係を知ったときは驚いたものだが――孫？

「そうなんですか？」

「ああ、ゲンちゃんはほれ、あのとおりおっかない顔してるから、孫にわぁわぁ泣かれたみたいでな。落ちこんでたろ～？」

美咲にはいつもと変わらず不機嫌そうにしか見えなかったけれど、と苦笑する。

もしかすると、おばちゃんが忙しそうにしていたのも、孫が来ていたからだったのかもしれない。孫の誕生を知っていたらお祝いの言葉を言えたのにと思い、美咲は会計を済ませて再び歩きだす。

「これで全部、揃ったかな」

今日の分の食材の買い出しを終え、ふと見た腕時計の針は十時を少し回ったところを指していた。

「わあ、早く戻って仕込みしなきゃ！」

今日はなんだか会話が盛り上がってしまい、いつもより店に戻るのが遅れていることに気づいた美咲は、小走りでカフェへと戻っていった。


店に戻ると、少年姿の蒼空はカウンターの端の席に座っていて、頬杖をつきながらウトウトと船を漕いでいた。

「ただいまー……ってあれ？　庄じぃはまだ裏庭にいる？」

店内から人の気配を感じられずそう尋ねると、蒼空は「ん～」と言いながら少しだけ目を開けた。

「今日はちょっと用事があるから、店は手伝えそうにないて言うて申し訳なさそうに帰っていかはったで～」

「そっか……って、まるで会話したみたいなその口ぶり……そういえば、さっき庄じぃが来たときも、勝手口のところにいた蒼空の頭、ポンって触ってたよね？　絶対、蒼空のこと、見えてたよね!?」

慌てていて聞きそびれていたことを思いだし尋ねると、蒼空は眠たげに目をこすりながら頷いた。

「ああ……まだ少しやけど神力が戻ってきたから、普通の人間にも俺様の姿が見えるようになったんや」

「えっ、そうなの？　でも、そしたら庄じぃ、蒼空のこと怪しまなかった？　まさか茄子神様だって名乗ったの？」

「いや、とくにツッコまれへんかったし、ふれんどりーに話してくれはったから、美咲の友だちが来てるくらいに思ってたんちゃうかな～。ふわぁ～」

「そ、そうなんだ……」

美咲は、のんきに大きなあくびをしながら答えた蒼空の様子に苦笑いを浮かべると同時に、祖父の大らか過ぎる性格に驚きながらも感謝する。

「まあ、今度、庄じぃが来たら、私の友だちだって説明しておこうかな……」

そうつぶやいてから、今は開店準備に集中しようと思考を切り替えた。

キッチンに入る前に、まず長い髪をゴムでひとつにまとめてから、明るめの茄子紺色のバンダナ帽を被る。胸当てエプロンの色も茄子紺で、美咲的には〝ナス〟になりきったつもりでいる。

着替え終わると、石けんで手をよく洗い、アルコールで消毒もするとようやく仕込みに取りかかった。

一品めは、ランチセットに付ける、水ナスとキュウリとトマトのマリネ風サラダ。

ナスは時間が経つと変色してしまうので、色止めのため、軽く塩水にさらしてから使う。角切りにした食材に白ワインビネガーとすり下ろしニンニク、塩とコショウを加えてサッと和《あ》え、冷蔵庫で冷やしておく。そして、お客さんに出す直前に、オリーブオイルをかければ完成だ。

次は買い出しのときにパン屋の結に話したピザ風ナストマサンド。

白パンにはさむフィリングを用意しておき、注文が入ってからチーズを加えてオーブンで表面がサクッとなるくらいまで焼くことになっている。

このほか、数あるメニューのための仕込みを終え、時計を見ると十一時五十八分。

慌てて店先にイーゼルタイプのメニューボードを出し、扉に営業中と書かれたナス型のプレートをかければ準備完了だ。

「ギリギリ間に合った……」

美咲がそうつぶやいたのと同時に、店の壁にかけてある〝鳩時計〟ならぬ〝茄子時計〟の扉が開き、バネで飛びだしてきたナスが「ナッスー」と鳴いて十二時の訪れを告げた。

開店してしばらくするとチラホラとお客さんが入ってくるが、ひとりでキッチンとホールを回さなければならず、美咲はすぐにいっぱいいっぱいになった。

「あの～、ちょっと急いでるんですけど、まだですか？」

短い昼休みにたまたま通りかかって入店したのだろうスーツ姿の男性からそう言われれば、焦燥感が増して初歩的なミスを引き起こす。

「すみませーん、こっち、注文お願いしまーす！　あと、お水くださーい！」

「はいっ、お待たせして申し訳ございません、すぐに参ります！」

なにげなく聞こえてくるお客さん同士の会話も、美咲がオープン前に思い描いていたような「おいしいね～」などという料理の感想はあまりない。

「ほかの店が混んでたから入ってみたけど、なんか失敗だったね～」

「エッグなんたらカフェって書いてあったから、てっきりタマゴ料理の店だと思ったのに、ちがったんだ……」

「前に入ったときは素敵な感じの喫茶店だったけど、変わっちゃってたんだな……」

満席状態ならいざ知らず、数席埋まっただけでこの有様で、注文のミスも多いことから、せっかく入ってくれた新規のお客さんが再び来店することはほぼなかった。

そして、オープンから日が浅いこともあり、いわゆるご祝儀客と呼ばれる友人や知人、前の会社の同僚なども来てくれる。が、知っている人ほど美咲や店の今後を気遣ってか、容赦なく身に刺さるアドバイスや感想を残していったりする。

「経営って大変なんでしょう？　やっぱり仕事辞めないほうがよかったんじゃない？」

「友だちと来ようと思って誘ったんだけど、その子がナス嫌いで断られちゃった。ナスが嫌いな人でも食べられるように、ほかのメニューも置いたほうがいいと思うよ」

などなど……たとえ言い返したいことがあっても、美咲はグッと耐え、笑顔で対応する。そして会計を済ませたお客さまを見送りながら、頭を下げて明るくこう言う。

「ありがとうございました！　またのご来店お待ちしております！」

そんな身も心もボロボロになるようなランチタイムの営業が終わりに近づき、店内からお客さんが消えたとき――。

「……はぁ」

「なんや、ため息ついたら幸せ逃げてくで？」

美咲が小さくため息をついたのを、パントリーからフラッと現れた蒼空は聞き逃さなかった。

「うん、それはわかってるんだけど……」

蒼空に出会ってからすでに何度かされたことのある指摘に、美咲は苦笑いを返して肩をすくめる。

「やっぱり私は裏方仕事のほうが向いてるのにな……と思って」

「人としゃべるん、そない疲れるんか？　俺様はしゃべりたくてもなかなかしゃべられへんかったから、羨ましいんやけどなー」

そう言われても、蒼空には申し訳なく感じるが、美咲はもともと人見知りが激しい。

商店街の人たちとは、コミュニケーションを取れるようにと毎朝声をかけ続ける努力をしたから話せるのであって、一見《いちげん》さんのお客さまには、不安にさせまいとして、かえって、緊張が走ってしまう。

「これでもかなり、頑張ってるんだよ？」

商店街の人たちがみな、新参《しんいり》者の美咲に対してとても親切なので、なんとかなっているだけだ。もしかすると数人は、美咲が極度の人見知りで、実はしゃべるのが苦手だと気がついているかもしれない。

自分なりにできることは頑張っていた。

それは、カフェをひとりで開くと決めたときに立てた誓いのためだから、文句も弱音も、なるべく吐かないように努めていた。

「庄じぃがホールを手伝ってくれる日は、もう少しまともに回せるんだけど……やっぱりひとりだとダメだな……」

と、美咲は再び「はぁ～」と盛大なため息をついてしまった。

「……あ」

どうやら、すっかり癖になってしまったらしい。

もうこれ以上、幸せが逃げていかないようにと口を押さえてから蒼空を窺い見ると、やはり呆れた表情を浮かべていた。

気まずい空気に、しばしの沈黙が訪れる。

そんな重い雰囲気を破ったのは、美咲がテーブルから回収してきた食器類を大型の業務用食洗機に入れはじめ、カウンター席の端——店内にいるときの蒼空の定位置になりつつある——に蒼空が座ったときだった。

「なあ美咲、ちょっと深呼吸してみ？」

「え？　なに、突然？」

美咲は唐突な提案に、手を止めて顔を上げ、蒼空のほうを見る。

「深呼吸や、深呼吸。ほら、はよせぇ！」

「う、うん？」

言われるままに深く息を吸いこもうとして、再び蒼空に「待った！」をかけられる。

「えー、深呼吸しろって言うからやろうとしたのに、なんで止めるのよ？　もう、訳わかんないんだけど……」

吸いこんだ息のやり場に困って、美咲は三度《みたび》、ため息をついた。

「せやから、ちゃうねんて。深呼吸ゆうたら、まずは息をたーっぷり、苦しくなるくらい吐きだしてからやて。で、これでもかーってくらい息を吐きだし終わったら、今度は新鮮な空気をぎょうさん、胸に取りこむんや」

「……そうなの？」

「せや。試しにほら、やってみ？」

蒼空に促され、美咲は頷き返すと、教えられたとおりにまず息を吐き、それから大きく息を吸ってみた。

「……」

「どや、少しはスッキリせぇへん？　ため息つきそうになったときは、こうすればええねん、なっ？」

「なるほど……たしかに」

ため息をつくよりずっと、気持ちがスッとしたのを感じ、美咲は驚いた。たまには蒼空も神様らしいことを言うんだなあと感心したのはつかの間。

「まぁ、ある人からの受け売りなんやけどな」

蒼空は照れくさそうに鼻をかきながらつぶやいた。

「へえ、誰の？」

反射的に聞いてしまってから、蒼空の表情の変化に気づいた美咲は少し後悔した。

「俺様の……大切な人や……」

寂しげに、誰かを愛おしく想っているのがわかるその表情に、美咲はふと八百屋のおばちゃんが話してくれたナス好きのマスターのことを思いだす。するとなぜか心の奥がざわつくと同時に、なにか大切なことを忘れているような感覚に陥った。

「その人って……」

と、美咲は追及しかけたが、蒼空がパッと話題を転換する。

「ところで美咲。そろそろ、ちゃんとした料理人、雇ったほうがええんちゃう？」

「えっ？　それってもしかして、私の料理になにか問題があるって言ってる？」

美咲は自分の料理の腕にはそれなりの自信を持っていた。きちんとどこかの学校で学んだり修行を積んだ経験こそないが、プロを名乗れるレベルには達しているはずだ……と。

パン屋の結に褒められたのもただのお世辞ではないと思っていたのだが……。

「いや～、どんなにおいしくても、週に何回もとなるとなぁ。そろそろ美咲の味に飽きてきたっていうのもあるし。やっぱりもっと、食材の持つよさを理解して、きちんと活かしてくれるプロに料理されたほうが、俺様の同胞たちも喜ぶんちゃうかな～と思ってな」

「……私の調理の仕方だと、食材を殺してるってこと？　味なら庄じぃにもときどき確認してもらって、問題ないって言われてるけど……」

「ほんなら、今朝仕入れた大長ナス。どう調理したら一番おいしくなるか、知っとる？」

「えーっと……煮物？」

「ちゃう、焼きナスや！」

「……そ、そうなんだ」

おいしいと思っていた答えは見事バッサリと斬り捨てられ、美咲はガクリと肩を落とす。

美咲はこれまでナス好きを自認して名乗ってきただけに、これは悔しかった。

しかし相手は茄子神様だ。

ナスに関する知識で敵うはずがない。そう思ったのだが――。

「美咲の料理、味は悪くはないどころか、うまいと思う。せやけど、俺様はもっとナスのおいしさを引きだしてくれるヤツに調理して欲しいんや。そういうわけで、俺様はちゃんとしたプロの料理人を雇うことを強く勧める！」

蒼空が力説していると、突然チリリーンとドアベルが店内に鳴り響き、ひとりの男性客が入ってきた。

「あ……いらっしゃいませ！　どうぞお好きな席におかけください」

そう案内した相手の容姿に、美咲はほんの一瞬、本当に一瞬で目を奪われた。

身長は一八〇センチほど。全体的に細身で筋肉質。空色の半袖シャツから出た腕は少し日に焼けた健康的なツヤツヤ肌。髪形は清潔感のあるツーブロックショートで、毛先をワックスでツンツンと遊ばせている。そして、切れ長の目にスッと通った鼻筋、綺麗な形の唇――モデルでもしているのだろうかというルックスだ。

カフェとは名ばかりで、昔ながらの喫茶店の雰囲気が漂うこの店には似合わないような爽やかなイケメンの来店に、美咲は否応なしに緊張感を覚える。

一方、その青年は客の誰もいない店内を品定めするかのように見回し、少し考えてからカウンターの右端の席に着いた。それから卓上に立てかけられているメニューブックを手に取りサッと開くと、思案するようにアゴに左手を当ててから、軽く右手を上げた。

「すみません、オススメってどれですか？」

低く穏やかなトーンの声が耳に心地よく入ってきて、美咲はふと、イケメンって声までいいんだなとぼんやり思ってから、慌てて返事する。

「えっと、あの……どのメニューも自信を持ってご提供させていただいております！」

「あー、うん……そっか。まあいいや、じゃあ、この日替わり洋食ナスランチセットで、ドリンクはアイスナスラテ？　っていうのをお願いします」

「はい、かしこまりました！」

なぜか、微妙な表情を浮かべた青年の反応。

美咲はわずかに疑問を抱いたが、すぐに気を取り直して、ランチセットの準備に取りかかる。

数分後、ナス柄のトレイに載せた料理を出すと、青年は再びなにかを考えこむ素振りを見せてから食べはじめ、そしてあっという間に完食した。

「ごちそうさまでした」

行儀よく顔の前で手を合わせてから席を立ち、会計を済ませたので、そのまま帰っていくかに思えたのだったが——そこで不意に青年が口を開いた。

「店長さん、ちょっといいですか？」

そう声をかけられた美咲は、なにを言われるのかドキドキしながら顔を向けた。

「はいっ、なにかございましたでしょうか」

なぜか不自然な敬語が出てしまう。イケメンなんて緊張する。

すると、青年はなにがおかしかったのか、突然小さく笑いだした。

「いや、ごめん。そんな警戒させるつもりはなかったんだけど……俺、ここの物件の大家の息子で、那須漣《なすれん》っていいます」

「……えっ⁉　あ、ナスさん？　大家さん⁉　だったんですか！　すみません、全然気がつかなくて失礼しました！」

まさかの〝ナス〟という苗字と、〝大家〟というフレーズに驚いた美咲は、漣に向かって勢いよく頭を下げる。

「や、だから、俺は大家じゃなくて、ただの息子なんだけどね。あと、名乗ってもいないのに気がつけたら、そっちのほうがすごいっていうか、むしろ怖いから！」

「あ、そ、そうですよね……私ってばなに言ってるんだろう……すみません」

恥ずかしくて顔がほてるのを感じながら再び頭を下げた美咲に、漣は微笑みかけ、そこでふと真剣な顔つきに変わった。

「で、本題なんですけど……」

「は、はい……」

先ほどまでの穏やかな雰囲気から一転して、漣の声のトーンが、わずかに沈む。

「本来なら、俺がここで店を開く予定だったのに、なんであなたが営業してるんです？」

「えっ⁉」

怒っている風ではなかったが、強めの口調で問われ、美咲は一瞬固まる。

しかしすぐに冷静さを取り戻すと、ギュッと拳を強く握り締め、目の前の相手をまっすぐ見つめ返した。

「なんで、と聞かれましても、私はきちんと不動産屋を通して『賃貸契約』を交わしていますけど……ちょ、ちょっと待ってくださいね」

そう言って美咲はパントリーに入っていくと、金庫で保管している物件の賃貸契約書を手に舞い戻る。

「ほら、これがその契約書です。ま、間違いないでしょう？」

美咲が差し出した書面をサッと手に取り、すごい勢いで目を通していった漣は、最後のページまで確認し終えて小さく息をつく。

「ホントだ……申し訳ありませんでした。じゃあ、なにかの手違いか？　でもそうすると親父とのあの約束は……」

なにやら困った様子でブツブツとつぶやいた次の瞬間——ポンッ！　と弾けるような音が店内に響き、それまで存在感なく密かにカウンター席の端に座ってすべての会話を聞いていた蒼空がナス形の姿に戻っていた。

「……ほな美咲、兄《あん》ちゃんをここの料理人として雇ったらええんちゃうか？」

「ちょっ、蒼空!?　っていうか、この方、料理人なのっ？」

本来の姿を人前にさらしただけでなく、その状態で初対面の漣に話しかけたことに驚き、美咲は息をのんだ。が、蒼空はまったく気にした風もなく、短い手を漣に向かってビシッ！と差し向けて話を続けた。

「ほれ、そうと決まれば採用試験や！」

「えっ、いや、ちょっと待って、なんでナスが宙に浮いて……つーか、しゃべってんの!?　なにこれ幻覚？　幻聴!?」

漣は突然目の前で起こったことに混乱して、その場で固まってしまったのだった――。

二章
エッグはプラネットへ

Delicious recipes of Egg planet cafe

五月十七日。木曜日、十二時半――。

エッグ・プラネット・カフェの店内は、この一週間ほどで雰囲気がガラっと明るく変化していた。

「注文入りまーす！　ナス味噌ランチがふたつ、食後にアイスナスラテとホットコーヒーお願いします！」

「ほーい！　って、またナス味噌!?」

「ええやん、ええやん！　漣の作るナス味噌は絶品やさかい、みんなすっかり惚れこんどるんや」

オーダーを取ったり給仕したりとホールを動き回る美咲。

キッチンで料理の腕をふるう漣、そしてカウンターの端の席に座って楽しそうに店内を眺めては会話に交ざる少年姿の蒼空。

三人のやり取りに、お客さんのひとり――『やおはち』のおばちゃんがクスッと笑う。

「あんたたち、すっかり息が合っていいトリオになってきたわねぇ」

「そ、そう見えますか？」

美咲がナス形のコースターの上にアイスティーを置きながら戸惑っていると、おばちゃんは大きく頷いて目尻の皺を深くした。

「見える見える！　美咲ちゃん、前はひとりで店を回してた日なんて、てんてこまいで泣きそうになってたでしょ。本当によかったわね、漣くんが来てくれて！」

その言葉に、美咲は自分が心配されていたことを知り、驚くと同時に嬉しくなる。

「おばちゃんこそ、自分のお店だって忙しいのに毎日のように顔を出してくださって……ありがとうございます！」

「あら、お礼なんていいのよ～。私はお腹を満たすついでに、イケメン漣くんの働く姿を見て癒やされに来てるだけだから～。あれね、ナスセラピーってやつね、うふふっ」

「おばちゃん、あざっす！　ほい、ナス味噌ランチ一丁上がり～！」

「って、漣さん、ここが中華屋さんみたいに聞こえるその言い方、どうにかならないんですか？」

思わず美咲が漣の言い方にぼやくと、今度は美咲に対し、蒼空からのツッコミが入る。

「ほれそこ、お堅いこと言うなや。あと、おばちゃん、俺様のこと忘れたらアカンで！」

「あら、ごめんなさいね。蒼空くんもあと十年くらいしたら、漣くんと同じくらい素敵なイケメンくんになるわよ、きっと！」

「え～、俺様が漣よりイケメンになるのに十年もかからんって！　というか、もうすでに俺様イケメンやろ！　なっ？」

そんなやり取りに、ほかの席に座っていたふたり組の女性客がクスクス笑う。

「この店の雰囲気、なんだか楽しくていいね」

「うん、キッチンの人めっちゃカッコイイし、料理もおいしいし、また今度来ようよ！」

「賛成～！」

そんな風に言ってくれるお客さんが少しずつ現れはじめ、美咲はあのとき下した決断が間違ってはいなかったとホッとする半面、自分の不甲斐なさを思い知らされていた。

漣が店にやってきたあの日。蒼空が突然、自らの正体を明かし、「採用試験をする」と言いだしたことから、すべてははじまったのだった——。


「……で、えーっと、この店にはナスの神様っていう不思議な存在がいる。それから、今ちょうど人手不足でナス扱いのうまい有能なシェフを探している、っと。んで、俺のほうは親父との約束で、ここに開いた自分の料理店で八月までに四百万という売り上げ目標を達成しなければならない……」

蒼空との衝撃的な出会いに、しばらく混乱していた漣がようやく落ち着き、互いの状況を整理する。

「兄ちゃんには時間がないんやろ。いったんこの店を潰して自分の店を一から作るより、このカフェを自分の店っていうことにしたほうが手っ取り早いやろうし、そんで、四百万稼いで目標達成したらええだけちゃうの？」

「まあ、そうだな。少しでも早くスタートを切りたいと思ってるのは事実だ」

「美咲かて、この店が繁盛したほうが例の条件も達成しやすくなるわけやから、こういうのをたしか、ウインナーとウインナーの関係って言うんやろ？」

「それを言うなら、ウィンウィンの関係！」

「そう、それや！　兄ちゃんナイスツッコミ！」

蒼空の言っていることに、美咲は納得しかけて、肝心なことを尋ねていなかったことに気づく。

「あの、でも、その……失礼ですが、那須さん、料理の腕は……？」

料理店をやるつもりだったと言うからには、ある程度の自信はあるに違いない——そう考えた美咲なのだったが、漣は予想を遥かに超えた驚くべき経歴の持ち主だった。

「ああ俺、高校時代は三年間、中華屋でバイトしてたし、大学中退したあとは、沖縄から北海道までおいしいモノを求めてバイクで放浪しながら、いろんな飲食店で働いてきたし、ついこの間まで勤めてた札幌の老舗洋食店では、三年間みっちりスキルを叩きこまれて……推薦されて出た料理コンテストで優勝したこともあったなー」

「す、すごいですね……」

「さっすが兄ちゃん、俺様が見込んだだけのことはあるなぁ。ほな、その腕とやら、俺様と美咲の前でパパッと披露してみ」

そうして、客足が途絶えている隙を見計らって、いきなり漣の採用実技試験をすることになった。

「えーっと、この辺にある食材はどれ使っても大丈夫？」

「あ、はい……ランチタイムはもう終わってるので、残ってる分は使っていただいてかまわないです」

美咲がそう答えると、漣は手を洗い、さっそく、食材を選びはじめた。

「んー、コレとコレでアレ作って、こっちはアレがいいな……よし、メニューは決めた」

そう言って作業台の上に並べたのは、大長ナスと一般的な長卵形のナス、赤と黄色のパプリカ、タマネギ、トマト、鶏むね肉だ。

「なんや兄ちゃん、めっちゃ楽しそうな顔しとるなあ」

「おう、新鮮な食材を見るとワクワクしてくるんだ。どう調理したらこれを一番おいしく輝かせられるか、ってね」

美咲は漣の発言に蒼空から言われたことを思いだして一瞬ドキッとしたが、黙ったまま成り行きを見守る。

「ふぅむ、ときに兄ちゃん、その大長ナスはどう調理するのがええか知っとるか？」

「なんだよ、知ってるに決まってんだろ。大長ナスは皮が少し硬めだからな、焼きナスが一番だろ」

料理の基本だと言わんばかりに躊躇《ちゅうちょ》なく正解を言い当てた漣に、正解を答えられなかった美咲は再びドキッとする。蒼空が言っていた「食材を活かす」ことができる料理人というのはこういう人のことなのだと。

その後も、漣は華麗な包丁さばきや手際のよさ、鮮やかとしかいいようのない料理の腕を遺憾なく発揮していった。

一品目、直火で皮を焼いて綺麗に皮を剥いた大長ナスは、賽《さい》の目に切った赤と黄色の焼きパプリカと和えたマリネに。

大きめの鍋でお湯を沸かしはじめるのと同時に、鶏むね肉を一口大に切り、砂糖と塩を入れた水に漬けこみながら、二品目に取りかかっている。

まず皮を剥いたナスをレンジでチン。柔らかくなった身を水と一緒にミキサーで撹拌《かくはん》し、なめらかなペースト状にしたものを小鍋に移す。水と白ワイン少々、コンソメと粉チーズで味付けして五分ほど煮てから牛乳を加えれば、二品目のナスのポタージュが完成する。

三品目、お湯の沸いた鍋に細めのロングパスタを投入し、その隙にソースを作る。

漬けこんであった鶏むね肉の水分を拭き取り、熱々のフライパンで皮目からこんがりと焼いていったん取りだす。次はたっぷりのオリーブオイルでナスとタマネギを炒め、トマトを潰しながら投入。

最後に、肉を戻し入れてから塩コショウと粉チーズで味を調え、茹であがったパスタをソースと手早く絡めれば、鶏肉とナスのトマトパスタの完成だ。

漣はこれらをほぼ同時に進行し、わずか十五分ほどで、しかも、盛り付けも器のよさをきちんと活かし、オシャレに完成させた。

「まあ、ザッとこんなもんかな。パスタとスープは冷めないうちにどうぞ」

そう言われ、手際にすっかり見とれてしまっていた美咲はハッと我に返ると、漣が差しだしたフォークを受け取る。

「い……いただきます」

最初に食べたマリネは、焼きナスの香ばしさをレモンの風味がうまく引き立てていて、甘みのあるパプリカのシャキシャキとした歯ごたえも口の中を爽やかにした。

「おいしい……」

と、美咲の口から思わずこぼれた感想に、漣が「よしっ」と小さくガッツポーズする。

続くロングパスタ。皮がパリッとした鶏の身は、むね肉とは思えないほどジューシーで、オリーブオイルを吸ったナスは、とろけるような食感。全体をトマトとチーズがまとめ、食べはじめると手が止まらなくなりそうだった。

ナスのポタージュもまろやかで、コクはあるのにまったくクセがなく、これからの季節、冷製スープとしても出せそうだと、美咲は店のメニューに取り入れることを即決した。

「ど、どれも本当においしかったです」

たったの三品、それも味見程度のわずかな量を食べただけで、こんなにも幸福感が得られるとは——美咲は心底驚き、また平然とそれを作ってのけた目の前の青年に尊敬の念を抱いた。

「なあ、俺様にも、はよ寄こせや〜！」

「はいどうぞ……って、蒼空、その小さな体で食べられるの？」

という美咲の心配をよそに、ナスの姿のままの蒼空は自分の体よりも大きなフォークとスプーンを器用に使いこなし、小さな口を大きく開けて漣の料理を次々と頬張っていった。

「うん、うん！　どれもホンマにめっちゃうまいやんか！　兄ちゃん、最高やで！」

そう絶賛した次の瞬間、ポンッ！　と音を立てて、蒼空が少年姿に変身した。

「うまいもん食うたら、神力がみなぎってきたで！」

「うおっ、人間の形になった!?」

驚く漣をよそに、すべての料理をひとりでペロリと完食した蒼空は、口の周りにパスタソースを付けたまま、ピョンピョンと興奮気味に飛び跳ねる。

「こりゃあもう、聞くまでもないんやけど〜、美咲、採用試験の結果はどうや？」

蒼空と漣からまっすぐな視線を注がれた美咲は、ゴクリとつばを飲みこんでから、口を開く。

「もちろん合格です。那須さん、シェフとして、このカフェでぜひ働いてください！」

深々と頭を下げた美咲に、漣は照れくさそうに頬をかき、そして答える。

「おう、これからよろしくな！　えっと……なにさんだっけ？」

そう尋ねられてようやく、美咲はまだ名乗っていなかったことを思いだし、慌てて自己紹介する。

「すみません、申し遅れました。私はこのエッグ・プラネット・カフェの店長、山科美咲です。よろしくお願いします、那須さん」

「俺様の名前は蒼空。青い空を意味する〝蒼空〟って書いて『蒼空《そら》』やで、那須の兄ちゃん！」

「あ、俺のことは『漣』って呼び捨てでかまわないよ。あと、全然タメ口でOK！」

「ほな、漣、これからよろしく頼むで！」

「おう、よろしくな！」

蒼空と漣がすんなりと打ち解けたのに対し、美咲は戸惑いの色を隠せなかった。

「で、でも……いきなりタメ口は……」

「そう？　俺は気にしないけど……っていうかあれか、むしろ店長のほうが偉いんだから、俺が敬語使うべき？　ちなみに俺は二十九歳なんだけど、店長は？」

「あ、えっと、わ、私ももうすぐ二十九歳になります。というか、あの、敬語とか気にしなくて大丈夫です。私も慣れれば、普通にしゃべれるようになると思いますので……」

「ふぅん、そういうことなら俺はタメ口にさせてもらうけど、店長は話しやすいようにしていいよ」

「はい、ありがとうございます、れ……漣さん」

再び頭を下げた美咲は、そこでふと重要なことを忘れていたことに気づき、青ざめる。

「と、ところで……非常に言いづらいことなんですが……」

「ん？　ほかにもまだなにか問題でもあるの？」

「いえ、問題というかその……お給料がですね、あまり出せないといいますか」

正直に打ち明けると、漣は一瞬、目を瞬かせてから小さく笑った。

「ああ、なるほどね！　でもそれなら大丈夫。俺、大学は経営学部だったんだ……中退しちゃったけど！　だから、経営についてなら多少はアドバイスできるし、俺も目標を達成するためにも、どんどん稼がないといけないわけだから……売り上げが増えたときに給料を上げてくれればいいよ」

「わ、わかりました、その……本当にありがとうございます！」

こうして、利害の一致したふたりが一緒に働きはじめて一週間、漣はその見た目だけではなく人懐こい性格ということもあり、すぐに商店街の人たちに気に入られた。

そして蒼空と漣はウマが合ったのか、あっという間に仲良くなったのだった――。

ランチタイムが終わりに近づいた午後一時半過ぎ――。

蒼空は「ちょっと昼寝してくる～」とナス姿に戻ってどこかへ姿を消し、店内は美咲と漣、ふたりだけになっていた。

「なあ、美咲店長。この一週間働いてみて思ったんだけどさ……ランチタイムの来客数、少なくないか？」

商店街にある他店よりも幾分早く客足が引いた店内を見渡しながら、不意に神妙な面持ちになった漣が疑問を口にした。

その発言に、食器を棚に戻していた美咲はギクッとして手を止め、苦笑いする。

たしかに漣の言うとおりで、今日も開店後すぐに入ってきたのは、『やおはち』のおばちゃんと、駅前のオフィスビルに勤めているらしいふたり組の女性客、近所に住んでいるというおじいさんだけだ。

その後も、通りすがりにどこでもいいから飛びこんだ、という感じのスーツ姿の男性と、近所の幼稚園に子どもを預けている間にランチをしに来たママさんグループくらいしか来なかった。

「その……まだ開店してから日が浅いですし、漣さんがいなかったときは今日くらいのお客さんの数でも回すのがキツかったので、別にいいかなって思っていたんですが……」

美咲がそう答えると、漣は眉をひそめて小さく息を吐いた。

「美咲店長、それ本気で言ってる？」

「……いえ、その……」

わずかに険のある漣の声に、美咲は気まずくなってうつむくと、首を小さく横に振った。

オープンしたばかりだから客が少ない――なんて、そんな理由ではないことに美咲はもちろん気づいている。客が来ない原因は、ひとりで店を回していたときの余裕のない接客、そして店の宣伝をほとんどしていないことだ。

「私の接客に問題があったとか、宣伝活動を全然していないとか……」

思いついたことを今度は正直に打ち明けると、漣は真剣な表情で頷いた。

「まあ、それもあるだろうな。でも、俺が考えるに問題はほかにもいろいろあってさ……」

と語りはじめようとしたとき、チリリンとドアベルが鳴り、このカフェにとってはまだ数少ない常連客のひとりが、一週間ぶりに来店した。

「いらっしゃいませー」

入ってきたのは黒縁メガネをかけた真面目そうな雰囲気の青年だ。

彼はたいていグレー系のTシャツにベージュのチノパン、スニーカーというラフな姿で、ランチタイムが終わる頃に現れる。

青年は出迎えてくれた美咲と会釈しあってから、勝手知ったる足取りで窓際のボックス席へと向かい、静かに腰を下ろした。

「今日もいつもの、でよろしいですか？」

美咲はレモンで香り付けしてあるお冷やのグラスとおしぼりをテーブルに置きながら尋ねる。すると青年は、見るからにサラサラの黒髪をかすかに揺らして小さく頷いた。

「かしこまりました。少々お待ちください」

そうしていつもどおりに注文を取って美咲がキッチンに戻ると、漣が小声で尋ねてくる。

「いつものってなに？　あの人、常連さん？」

コソコソと客には聞こえないよう静かな声で疑問を口にした漣に、美咲は頷き返す。

「今日はめずらしく一週間ぶりの来店ですけど、このカフェのオープン直後から、数日に一度はいらしてる方なんです。いらっしゃるのはだいたいこのくらいの時間で、ナスコーンセットを毎回注文してくださっています」

「……へぇ。いつも同じものか。飽きないのかな？」

「さ、さあ、それはどうでしょう。私に聞かれても答えようがないですけど……」

「まあ、それもそうか。じゃあ、もしかして美咲店長に会うのが目的とか？」

「えっ、まさか。それはありえないですよ。だってああして……」

同じ時間に現れ、同じものを注文したあと、窓の外をぼんやりと眺めながら、ひたすらなにか考えごとをしているようなのだ。もし店長である美咲に好意を抱いているなら、視線が向かう先は商店街ではないはずだ。

「そうか、たしかにあれはちがうな……うーん、なにか思い悩んでいるような感じ？」

漣がそう推測する横で、美咲は淡々とナスコーンセットを用意しはじめる。

まず、お客さんからも見える棚に、綺麗に並べられている銀色の紅茶缶の中から、アッサムと書かれた紫色のラベルの付いたものを選び取る。

セットのドリンクはホットかアイスの紅茶で、数種類の茶葉から選べるようになっている。常連の彼はアッサムが気に入っているようだった。

電気ケトルのお湯が沸くのを待つ間、毎日、開店直前に焼き上げているスコーンをオーブンで軽く温め直して平皿に載せ、オリジナルのジャムと、定番のクロテッドクリームを入れた、小さなナス形のカップを添える。するとちょうどお湯が沸いたので、あらかじめ少量のお湯を入れて温めておいた白い磁器製のポットに茶葉を入れ、沸騰したてのお湯を注ぐ。ふたをしてティーコジーをかぶせたら、薄紫色の砂が入った砂時計をひっくり返す。それらを、温めておいたティーカップと茶こしと一緒にトレイに載せると、美咲はお客さんのテーブルへと運んでいった。

「お待たせいたしました。ナスコーンセット、お飲み物はホットのアッサムティーです。ポットは熱くなっておりますのでお気をつけください。ではどうぞごゆっくり」

美咲がキッチンに戻ると、漣はまだお客さんのことを気にしているようで、チラチラと様子を窺っていた。

「彼、ほかのメニューを注文したこと、ホントに一度もないの？」

「な、ないですけど……」

漣に頷き返した美咲は、先ほどの店の経営の話の続きだと気づき、説明を追加する。

「ナスコーンセットを注文されるお客さんは彼以外にも結構いるんですよ。漣さんの作るナス味噌には敵わないですけど、以前はティータイムの一番人気でした」

美咲が質問の意図がわからず困惑していると、それに気づいた漣が「ああ」と口を開く。

「なんで聞いたかっていうと、常連客がこの店になにを求めているのか知りたかったからなんだけど……ほら、この店のメニュー、種類が結構たくさんあるじゃん？」

漣の言うとおり、日替わりランチが和洋二種類あるほか、ナスを使った料理とスイーツが全部合わせて三十種類以上ある。ドリンクもナスが入っている市販の野菜ジュースのほか、ナスが入っていない普通の紅茶とコーヒーもある。

「はい、ナスをコンセプトにしたカフェというからには、いろんなナス料理をお出ししたいなと思って、たくさん考えたんです」

それは同時に、蒼空に願いを叶えてもらうため、神力を蓄えてもらうための条件にも通じている。しかしそれについては話さず、カフェがオープンする前、親友の潮や、庄一にもメニューの考案を手伝ってもらったり、試食してもらったりしたことを思いだし、美咲は懐かしくなって微笑んだ。

一方、漣は難しい表情でなにかを考え続けている様子だ。

「ちなみに、彼にほかのメニューをおすすめしてあげたことは……」

「それもないですね。私、店員のほうから話しかけるのってどうかなって思ってて。質問されたら答えますけど、お客さんによっては、そういうのを嫌がる方がいるかもですし、話すのが苦手って人もいるでしょうから……」

と答えた美咲に、漣は納得したように小さく頷いた。

「ああ、なるほど。それって、美咲店長自身とか？」

「えっ、いや、私は……」

図星をさされた美咲は焦ったが、すぐに気を取り直し、薄く笑みを浮かべる。

「わ、私じゃなくて……そ、そういう性格の友だちがいるから、わかるだけです」

「ふぅん？　別に隠すことないのに……」

まだ疑っている漣にジッと見つめられ、美咲は動揺を隠すために、棚にたくさん並んでいる紅茶の缶を整理しはじめる。

「まあそれはともかく、客の立場になって考えてみるとさ、メニューの数、多すぎなんだと思う。たくさんありすぎて迷っちゃう、ってやつな」

「そ、そういうものですか……？」

これまで考えたことのなかった指摘に、美咲は驚いて目を瞬かせる。

「ほら、一週間前、俺がはじめて店に来たときのことって覚えてるか？　俺、注文するときに、この店の〝おすすめ〟はなにか尋ねたよな？」

「あっ、はい！　どれも自信を持っておすすめしますって答えましたけど……」

美咲はいつもそうしてきたように答えたのだったが、漣は首を横に振った。

「あのときはツッコまなかったけどさ、その答え方は答えになってないよ。俺……つまり、お客さんはメニューが多すぎて選べなかったから、店員さんにどれかひとつを選んでもらいたかったんだ」

「そ……そうだったんですね……」

美咲は親切のつもりで言ったことが、かえって不親切になっていたのかと衝撃を受け、そして自己嫌悪に陥って肩を落とす。

ちょっぴり泣きたい気分になっていると、それをすぐに察した漣が慌てふためいた。

「わ、ごめん、別に責めるつもりとかそんなんじゃなくて……ああ、そうだ！　えっと、もうひとつ聞きたいことがあったんだけど……」

「……は、はい、なんでしょう」

美咲はなんとか緩みかけた涙腺を締め、漣に向き直る。

「えっと……もしかして、美咲店長って紅茶関係の資格かなにか持ってる？」

紅茶の缶をいじっていた美咲は、漣の唐突な質問に首を傾げてから、頷き返す。

「い、一応、ティーコーディネーターの資格は持ってますけど……それが？」

「いや、それならさ、資格認定証とか、店内に飾っておけばいいんじゃないかなと思ったんだ。ほら、人ってそういう称号みたいなものに弱いからさ」

「そう……なんですか？」

「うん、絶対そう！　普通の人が淹れたのより、おいしさに説得力が出るっていうかさ」

資格を見せびらかすみたいで恥ずかしいと思った美咲は、わざと置いてなかったのだが、漣が言うように、お客さんから見るとそういうものなのだろうか。

もしかすると、実はそういうちょっとしたことが、カフェを経営していく上での大事なポイントになるのかもしれない。今までそういう意見をくれる人がいなかったのでありがたいような、同時に、そんなことにも気がつけなかったのか、と美咲は苦いものを飲んだような気分になった。

美咲は正直、漣がここまで真剣にカフェのことを考えてくれるとは思いもしなかったので驚いていた。そして、そんな失礼なことを考えていたことが漣に申し訳なくなってくる。

そんな考えが無意識に体を動かし、美咲は気がつくと漣に頭を下げてしまっていた。

「な、なに？　急にどうしたの、美咲店長？」

「あの……ごめんなさい。その、いろいろとダメな店長で……」

「え？」

「私、昔からなにをやっても中途半端みたいでうまくいかなくて……」

再び泣きだしそうになっている美咲の様子に、漣は苛立たしげに唇を噛んだ。

「あー、くそっ、謝るのは俺のほうだ。悪い、俺は美咲店長にそんな顔させるためにあれこれ言ったんじゃないんだ。どうしたらこのカフェがもっとよくなるかなって、ただそれだけで……」

結局、美咲も漣も「なんとかこのカフェを、早く軌道に乗せたい」という気持ちだけが先走っていて、歯車がまだうまく噛み合っていない状態にあった。

そんなふたりの間に流れた気まずい雰囲気を吹き飛ばしたのは、少し休んで神力が回復できたのか、少年姿になって戻ってきた蒼空だった。

「美咲～……水くれ、水～。しぬ～。俺様しんでしまうわ～」

キッチンの奥にあるパントリーから蒼空がヨロヨロとした足取りで現れたのを見た美咲はフッと肩の力を抜くと、心配そうに……漣から逃げるように駆け寄った。

「蒼空ってば、水なら今朝たっぷりあげたじゃない？　もう乾いちゃったの？」

「ちゃう、今度は俺様自身のほうや。庭で昼寝しとったら、ひからびてしもたんや」

「庭……？　さっき俺が見たときは庭にいなかったような……？」

漣の疑問に、蒼空が秘密めいた感じでニヤリと笑う。

「ああ、そういえば、漣にはまだ教えとらんかったな～」

庭と言っても、店の裏にある庭ではない。

実はこのカフェには普通の人間には見えない二階が存在するのだ。

パントリーにある神棚の横にかけられたタペストリーをめくると、そこに階段が現れる。それを上っていくと、二階には蒼空の居住空間――小さな書庫と、ナスの形をした小さな池のある庭、そして神社が建っている。

蒼空がいつも昼寝しているのは、いつどんなときも暖かく、優しい陽の光が差す不思議な場所で、とくに、神社の境内に置かれた竹の長椅子の上は最高の寝床なのだという。

「美咲店長は知ってたの？」

「あ、はい……一度だけ入らせてもらったことがあります」

「へえ、すごいな。今度、俺も行ってみたい！」

「ま、俺様の気が向いたらな！　それより、水～！」

人が経営の真面目な話をしているときに昼寝とは、なんとものんきな神様だ、と美咲は一瞬思ったが、今はそんなマイペースな蒼空のおかげで、気分的に助かったのもたしかなので、文句は言わなかった。

「はいはい、水ね、わかりましたよー」

「おぅ！　いつもの梅シロップ入りのやつな！」

「って、それ、水じゃないし！」

「なんや、細かいこと気にすんなや！」

美咲は呆れた様子を見せながら、業務用冷蔵庫から大きな瓶を取りだす。その中には、しわしわになった梅の実と、黄金《こがね》色の透き通った液体が入っていた。

「それって梅酒？　あ、もしかして茄子神様に捧げる御神酒《おみき》的なものなのか？」

漣の質問に、美咲は、御神酒って発想は浮かんだことなかったなと思って微笑み返す。

「姿だけとはいえ、子どもにお酒はダメですから。これは梅の実と氷砂糖で作った、ただの梅シロップなんです。実家にいた頃、毎年、ちょうど今くらいの時期にたくさんの梅を漬ける習慣がありまして……漣さんも少し飲んでみますか？」

じっと見つめてくる視線に気がついて美咲が尋ねると、漣は好奇心を隠しきれない様子で「ぜひ」と頷いた。

「お口に合うかどうか、わかりませんけど……」

美咲はそう前置きをして、蒼空専用の空色の切子グラスと、お客さん用の透明なナス柄グラスを棚から出す。それぞれに梅シロップをスプーンで三杯ずつ入れ、冷たいミネラルウォーターを注いでマドラーでよくかき混ぜる。最後に製氷機から取りだした氷をふたつ浮かべたら、美咲特製梅ウォーターのできあがりだ。

ちなみに、ナスとは関係ないが、カフェのドリンクメニューにも載せてある。

「はい、どうぞ召し上がれ」

「おおきにっ！」

「どうも、いただきます」

漣はその場でくいっとグラスをあおり、一方の蒼空は受け取ったグラスを両手で持って、たたたっとカウンターの左端の席まで駆けていくと、グラスを置き、背の低い彼にはまだ少し高めのイスによじ登るようにして座ってから、ふぅーっと格好つけるように脚を組んで飲みはじめた。

ナスコーンセットを注文した青年と美咲たち以外には誰もいない静かな店内に、カランと氷が溶けてグラスに当たる音が響く。

ゴクゴクと喉を鳴らしながらあっという間に飲み干し、「もう一杯くれ～」とおかわりをねだる蒼空に、美咲は「はいはい」と優しく微笑みかけた。

どこからどう見ても、普通の小学生男子にしか見えない蒼空の姿を見ていると、美咲は年の離れた弟ができたみたいで、くすぐったいような気分になるのだった。

「これ、俺もハマりそう！　ほどよい甘さで、梅の香りが効いていてサッパリするな」

「……ありがとうございます」

美咲は梅ウォーターを褒められたことに対してだけでなく、漣がこの店をどうよくしていこうか真剣に考えてくれていることに対しても、改めてお礼を言った――。

午後六時の閉店後、美咲がカウンター席の端に座って帳簿をつけ、漣がキッチンで翌日の仕込みをしているときだった。

「昼間言いかけた、この店の問題についての話の続きをしてもいい？」

漣からそう切りだされ、美咲は壁に掛かっている茄子時計をチラッと見てから頷く。

「このあとちょっと用事があるんですけど、三十分くらいでしたら大丈夫です」

「了解……っと、じゃあさっそくだけど、まずは営業時間のことな。飲食店としてはさ、十二時から十八時までって短くないか？　ひとりのときはまあ防犯上の問題もあるだろうし、夜遅くまで営業してなかった、っていうのもわかるんだけど……」

そこで漣は、美咲が座っているカウンター席の前にコトッと小皿と箸を置いた。

どうやら、翌日の仕込みをする片手間になにかを作っていたようだ。

「これは……？」

唐突に出された料理に美咲が首を傾げると、漣は得意げな笑みを浮かべた。

「残り物で作った『ナスのナムル』。こういうのをつまみに、お酒を出したらいけるんじゃないかな～って思ってさ。だから、営業時間を午後九時くらいまで延長するのはどうよ？　ちなみに俺、カクテル作るのも得意なんだ」

シャカシャカとシェーカーを振るフリをしながらそう言った漣に、美咲は目を丸くする。

「漣さんって、本当にいろんなことができてすごいですね……」

そう言いながら、出されたナムルを一口食べ、「あ、おいしい……」とつぶやく。

「まあ、あちこち旅してたときに教わっただけなんだけどさ。で、どう？　カクテルグラスにはオリーブじゃなくて小ナスを刺したピックを付けたりとか、おもしろくない？」

やる気満々で提案してくる漣だったが、美咲はわずかな沈黙ののち、首を横に振った。

「……ごめんなさい。せっかくの提案ですけど、夜はちょっと私の都合がつけられないんです。漣さんひとりに任せるわけにもいかないですし」

「うーん、そっか……任せてくれてもいいんだけどな。残念！」

そう言いつつ漣にはまったくめげた様子がなく、すぐに次の提案をしてきた。

「じゃあ逆に、モーニングは？　朝七時から十時まで、注文できるメニューをドリンクだけに絞って提供するの。あ、サービスでトーストとナスジャムを付けるっていうのはアリじゃないか？」

「あ……それはいいかも！　ジャムはナスコーンセットでも使えるから、まとめて作っておいてストックしておけますし、ドリンクだけなら私ひとりでも回せると思います」

美咲はモーニング営業をしている自分の姿をパッと想像し、それならできそうだと確信する。

しかし漣は「ん？」と首を傾げてから、寂しげな表情を浮かべた。

「ねえ、『ひとりでも回せる』ってなに？　俺も一緒にやるんだよ？　さっきは俺ひとりに夜営業は任せられないとか言っておいて、自分はひとりでやる気だったの？　たしかに朝は俺、仕込み作業しないといけないから忙しいけど、ドリンクの用意くらい手伝えるし……もうちょい俺のこと頼ってよ」

「え……あ、その……すみません……」

ふたりでやる、という発想がとっさに浮かばなかった美咲は、困惑して謝る。

すると漣はフッと頬を緩め、カウンターを隔てたところから細長い腕を伸ばし、美咲の肩をポンポンと優しく撫でるように叩いた。

「ここは美咲店長の開いた店だけどさ、今は一応、俺の店でもあるんだからな。ひとりで頑張ろうって気負いすぎないように！」

漣のその言葉と、一瞬触れたときに伝わってきた手の温もりが、美咲の心にスッとしみこんで、疲れを癒やしていく。

「はい……ありがとうございます」

そうして、ひと呼吸おいたあと、漣はいったん止めていた仕込み作業を再開させながら、この店の問題点をあげていった。

「まずこの、いかにも昔ながらの喫茶店っていう内装はさ、カフェを名乗っているからには、もう少し今風の……そうだな、たとえば北欧風の明るくて爽やかな感じにするとかどうよ？　俺、ＤＩＹもできるからさ、お金をかけずに綺麗にすることは可能だぞ。あとは、ＳＮＳで拡散してもらえるような写真映えする看板メニューを作って、お客さんに宣伝してもらう。これで少しは集客率を上げられるんじゃないか？」

自信たっぷりに提案した漣だったが、美咲はすぐに首を横に振って謝る。

「たしかに、そうしたほうがお客さんは入るかもしれないですけど……でも、私たち、いえ、私が目指したいカフェは、商店街の方々の憩いの場というか、子どもから大人、老人までみんながゆっくりと寛いだり、おしゃべりを楽しんだりする……そういうアットホームなカフェなんです」

流行りに乗った店作りをすれば、若い人が集まってきて繁盛するかもしれない。

でも、流行りはいつか過ぎるし、美咲はそういった一時的な客よりも、地元の人に永く愛される店にしたい。この場所がお客さんたちにとって〝心のオアシス〟みたいな存在になれればいい、と願っていた。

「あともうひとつ、これは『エッグ・プラネット・カフェ』っていう店名の由来でもあるんですけど……クリエイターの〝たまご〟たちが気軽に集まって交流できるような場にもしたいなって考えていて……いつかその〝たまご〟たちが〝宇宙〟に飛びだしていけますようにって。そんな願いと、ナスを意味する〝エッグプラント〟をかけて命名したんです。だから……」

美咲がカフェに込めた想いを語るのを聞いてしばし無言になって考えこんでいた漣は、突然吹っ切った様子になり、顔の前でパンと両手を合わせて勢いよく頭を下げた。

「ごめん！　俺、売り上げを増やすことばっかり考えてたわ。でもそうだな、美咲店長が言うように、地域に密着した、お客さんたちから永く愛され続けるような店を目指すのって、大事なことだよな……」

そうして美咲と漣は互いの想いや意見を言い合いながら、このカフェを理想の形に近づけると同時に、売り上げも伸ばす方法を模索した。

「やだ、もうこんな時間！　私、用事があるのでもう帰りますけど、漣さんは？」

三十分くらいならと最初に言ったにも関わらず、それ以上話しこんでいて、夜七時近くなっていたことに気づいた美咲が慌てて立ち上がる。

「あ、俺、まだ仕込みが残ってるから、鍵を預けてもらえれば締めとくけど？」

「わかりました、じゃあ戸締まりと、明日の朝の鍵開け、お願いしますね！」

美咲はそう言って漣に店の鍵を託すと、慌てた様子でパントリーへ入っていき、エプロンとバンダナ帽を脱いでロッカーにしまい、帆布バッグを肩からかける。

「じゃあ、お先に失礼します！」

「はーい、気をつけて～」

キッチンから手を振ってくれた漣にペコッと会釈してから店を出た美咲は、駅に向かって駆けだしたのだった――。

翌日――。

具体的な経営目標が定まり、翌週からモーニングをはじめることも決定したエッグ・プラネット・カフェだったが、突然なにかが変わったわけではなく――いつもどおりの客が少ないランチタイムを経て、割と暇なティータイムも終わりかけた夕方四時半過ぎ。

客足が途絶えている隙にと、美咲が店の外に出て、扉の前に置いてあるメニューボードを綺麗に書き替えていると、駅前から歩いてくるふたり組の女性の会話が耳に飛びこんできた。

「あっ、そこじゃない？『エッグ・プラネット・カフェ』でいいんだよね、芽生《めい》」

「うん、合ってるよ、皐月《さつき》」

そんなやり取りをして店の前で立ち止まったのは、髪型こそロングとショートで異なるものの、目鼻立ちはそっくりな双子の姉妹だ。

「ほら、入るよ！」

「ま、待って、まだ心の準備がぁ……」

「はいはい、カフェに入るだけなのに準備なんていらないから！」

芽生と呼ばれた美しいロングヘアの女性がワタワタと足踏みしている横で、皐月と呼ばれた明るい茶色のショートヘアの女性がカフェのドアを元気よく押し開ける。

するとチリリリーン、とドアベルの音が店内に響き渡った。

「いらっしゃいませ！」

美咲はふたりの後ろから追いかけるように店に戻ると、居住まいを正して明るい声で挨拶した。

「二名様ですね。どうぞお好きな席におかけください」

「はい……ていうか、すごいよこの店！　ほら、芽生、隠れてないで見てみなよ！　ここ、ホントにナスだらけ！」

まだ少し警戒した様子で、皐月の陰に隠れるようにして立っていた芽生は、店内をぐるっと見回し、そして目を瞬かせる。それから、さっき鳴ったドアベルを指さし、「本当だ……ナスがいっぱい！」と驚きの声を上げた。

店内のいたるところにナスグッズが飾られ、壁にかかったメニューが書かれたブラックボードもナス形、どこもかしこもナスづくしだ。

そんな店内にひとしきり驚いてから、ふたりはカウンターの真ん中の席に並んで座った。

「ねえ、芽生、ほかにお客さんいないけど……大丈夫だよね？」

「やだ、皐月ってば、そんな言い方したら失礼だよ～」

ふたりはコソコソと話しているつもりのようだったが、店内が静かということもあり、カウンター内にいる美咲と漣の耳にはバッチリ聞こえていた。

しかし、美咲は聞こえなかったフリをして柔らかな笑みを浮かべ、お冷やとおしぼりを出しながら声をかける。

「メニューブックはそちらにございます。ご注文が決まりましたらお呼びください」

「あ、はい、どうも……」

そしてメニューブックを開いたふたりは目を丸くした。

「ナスピザ、ナスグラタン、ナスドリア、ナスパスタに日替わりの和風洋風ナスランチセット に日替わりナスイーツ？　なにこれ、メニューもナスだらけじゃん！」

感心している様子の皐月が、ふと隣に座っている芽生に気遣うような視線を送る。

「芽生、ナスが苦手なくせに本当にこの店来ちゃったけど大丈夫？　まぁ、飲み物だけでもいいとは思うけど……」

「ううん、頼むものはもう決めてあるし、ダイジョーブ！」

「ふぅん。じゃあ、あたしはえーと、コーヒー……っと、待って、ナスラテってなに⁉」

と、お客さんの疑問を聞きつけた漣がすかさず笑顔で答える。

「失礼します。ナスラテといいましても、ナスが入っているわけではなく、ラテアートでナスが描かれたカフェラテでございます。ご希望がありましたら、ナス以外のデザインにすることも可能ですので、遠慮なくお申しつけください」

流暢《りゅうちょう》にそう説明した漣だったが、隣に立っていた美咲はナス以外という部分に反応し、慌てて彼に耳打ちする。

「わ、私、ナス以外のデザインなんて、描けないんですけど……！」

するとし漣はお客さんからは見えないカウンターの下でこっそりと親指を立てて、「任せて」と得意げに微笑んだ。

そんな店員のやり取りには気づかないまま、皐月が注文をしようと手を上げた。

「じゃあ、注文お願いしまーす」

「は、はいっ、伺います！」

美咲は高鳴る鼓動を感じながら、伝票とペンを手に取る。

「あたしはナスラテで、でも絵柄はナスじゃなくていいなら、かわいい感じの柴犬にしてもらいたいです」

「は、はい……」

美咲は漣に「本当に大丈夫ですか？」と確認するような視線を送り、すぐに小さく頷き返されホッと胸をなで下ろす。

「わ、わたしはこのナスコーンセットにします。紅茶の種類はアッサムで」

「かしこまりました。ナスラテをおひとつ、絵柄は柴犬で、ナスコーンセットのドリンクはアッサムのホットでよろしかったでしょうか」

「あ、はい、ホットで！」

「ありがとうございます、それでは少々お待ちくださいい」

オーダーを取り終えたとき、漣はすでにラテアートを描く準備を進めていた。

美咲はナスコーンセットを用意しながら、横目で漣の手元をチラチラと窺う。すると、オーダーされた「かわいい感じの柴犬」がみるみるうちに描かれていった。

「漣さんがまさか、ラテアートまでできるなんて……」

「いやー、俺、気になったものはなんでも自分でやってみたくなる性分でさ……よしっ、こんな感じかな。お客さんに気に入ってもらえるといいけど……」

美咲がのぞきこむと、丸っこくて愛らしい柴犬の顔が完成していた。

「わあ、かわいいっ！」

見た瞬間、美咲が思わず声に出してしまったくらいのでき映えで、それを聞きつけたお客さんが興味津々で立ち上がった。

「えっ、なになに！　早く見たい！」

「はいっ、今お持ちしますね！」

美咲は慌ててナスコーンセットの準備も終えると、ナスラテと一緒にカウンターへ運んでいった。コーヒーカップを見た途端、ふたりの目が輝き、歓声が上がる。

「うわ、すごーい！　かわいい〜！」

「本当だ〜！　わたしもラテにすればよかったかな……でも、スコーンも気になってたし。も、もう一杯注文しちゃおうかな、迷う〜！」

ラテアートだけでこれほど盛り上がるとは思っていなかった美咲は驚き、同時に、漣のサービス精神に感心する。

「お客さま失礼します。当店の店長はティーコーディネーターの資格を持っておりまして紅茶にも自信がありますので、ぜひ冷めないうちにお召し上がりください」

そんな漣のフォローに、ナスコーンセットを注文した芽生の表情が明るくなり、美咲もまた照れくさく感じながら微笑んだ。

「あの、すみません……このラテアート、写真撮ってもいいですか？」

「ええ、もちろんかまいませんよ」

「やった！　混ぜたら消えてなくなっちゃうの、もったいないもん！」

皐月がそう言ってスマホを取りだし、シャッターを切っている隣で、芽生はスコーンを頬張って目を見開く。

「ねえ、皐月！　このスコーン、すっごくおいしいよ！　周りがサクッとしてて、中はふんわりしてるの！　バターの香りもイイ感じだし、ブログに書いてあったとおりだ〜！」

「へえ、そんなにおいしいなら、あたしも食べる！　ちょっとちょーだい」

「うん、どうぞどうぞ〜」

そんなふたりの会話を聞いていた美咲は嬉しくて舞い上がっていたが、漣は、芽生の話した言葉の中にあった「あるワード」を聞き逃さなかった。

「お客さま、もしかして、当店のことをどこかで聞いていらしたんですか？」

漣の質問に、皐月と芽生は一瞬、顔を見合わせ、コソコソと話しあってから前を向いた。

「ほら、芽生ってば、店員さんに聞きたいことあるんでしょ！」

「え……でも、やっぱ……」

「やっぱ、はナシ！　ほら、早く言う！」

「わ、わかったよぅ。ええと……その……ここの常連さんって、いっぱいいますか？」

唐突な問いに、今度は漣と美咲がその意味を理解できずに顔を見合わせる。

「あの、それはいったいどういう……？」

「あーもぅ、芽生ってば、そんな聞き方じゃわからないでしょ！　ええとですね、この子……妹の芽生が追っかけている人のブログで、この店が紹介されていたので来てみたんですけど、ネット上では顔を出してないから、どんな人かわからなくて。なので、常連客の中でそういう記事を書きそうな人がいないかって聞きたかったみたいです」

「え……えっと……」

皐月が口下手な妹の代弁をして丁寧に説明してくれたものの、美咲はその勢いに圧倒されて困惑し、曖昧な相づちを打つことしかできなかった。

すると今度は、漣が代わって会話を引き取る。

「ちなみに、そのブログの記事ってどんな内容なのか、詳しく聞いてもいいですか？」

「あ、はい……じゃあ、今お見せしますね」

芽生はそう言ってリュックからスマホを取りだすと、ブログ記事を開いた状態の画面を美咲と漣に向かって見せた。

「これです、どうぞ……」


『ルマBLOG～やっぱり音楽とナスが好き～

■オススメのカフェ■

8/May/20XX　Written by.RUMA

今日は僕が最近ハマっているお店を紹介しようと思う。
『Egg Planet Cafe ～エッグ・プラネット・カフェ～』
彩瀬駅前にある商店街に、先月オープンしたばかりの小さなカフェなんだけど、
このカフェの特徴はなんといっても、ナス！
メニューにはもちろんのこと、お店の入口から店内の備品、食器に至るまで、
ぜーんぶナスに関連したグッズが使われていて、
ナスが好きな僕にとっては、まさにパラダイスな空間だったりする。
お気に入りメニューは、スコーン二個と紅茶がセットになった『ナスコーンセット』。
温かい状態で出てくるスコーンは、外はサクっと、中はふんわり、
添えられているナスジャムは、レモン風味のさっぱりとした甘さがイイ感じ。
ポットで出してくれる紅茶は、茶葉を数種類から選べるんだけど、
僕的にはアッサムがオススメかな。あんまり和みすぎて、
前に何度か、バイトの休憩が終わる時間ギリギリになって慌てたこともあったりして。
……と、今日はめずらしく音楽の話じゃないことを語ってみた。
今ちょっとスランプに陥っちゃってるけど、
来週くらいには新曲をアップできるよう頑張りナス！
ので、お楽しみに♪』

記事にザッと目を通し終えた美咲と漣は、お互い昨日来た常連客の青年のことを思い浮かべたことを確認し、頷き合う。

「一応、心当たりはあります。ただ、お店としてはプライバシーの問題もあるので、あまり具体的なことは……」

漣が冷静にそう告げると、芽生は一度深呼吸をしてから顔を上げた。

「……じゃあ、その人はコレと同じもの、注文してましたか？　それだけでも教えてもらえませんか？」

その問いに、漣と美咲は彼女の想いに気づき、微笑みかける。

「ええ、お客さまと同じ『ナスコーンセットで、飲み物はアッサムティー』でしたよ」

美咲がそう答えると、芽生は自分が考えていたことがみなにバレてしまったことを悟り、みるみるうちに顔を赤く染めた。

「そっかー。芽生、同じメニューを味わうことができてよかったじゃん」

「う、うん……！」

好意を抱いている相手と同じモノを共有できた喜びにしばらく浸っていた彼女だったが、躊躇《ためら》いがちにもうひとつの質問を口にした。

「あの……その常連の人って、いつも決まった時間に来るんですか？」

「そ、そうですね……だいたいランチタイムが終わりかけの頃でしょうか……」

「あーらら、そりゃ、休講にでもならない限り、来られない時間だね」

美咲はつい応援したくなってしまい答えたが、それをすぐに皐月が一刀両断し、芽生はガックリと肩を落とした。

「そんなぁ……」

「でもまあ、その人だって時間を決めて通ってるとは限らないわけだしさ、芽生もここの常連になっちゃえば、いつかはすれ違えるかもよ」

「そ、そうだよね！　うん、わたし、諦めずにまた来ようっと！」

姉の言葉に希望を抱き直した芽生は、目を輝かせた。

「学校の近くだし、芽生も、もう今度からはひとりで来れるでしょ？」

「うぇぇ、それは無理だよぅ。だってわたし、皐月がいないと人見知り全開モードになっちゃう……」

「えー、じゃあ、あたしもまた一緒に来なきゃダメ!?」

コクコクと何度も頷き、しまいには涙目になって訴える芽生には敵わないようで、皐月は白旗を上げたのだった。

「ふたりは、この辺の学校に通ってる学生さん？」

双子姉妹が聞きたかったことを聞き終え、スッキリした表情でそれぞれ注文したものを楽しんでいるとき、漣はなにげなく話しかけた。

「あ、はい。彩瀬駅の南口にある、専門学校に……」

「ああ、あの有名なクリエイター系のところですか。ふたりとも同じ学科で？」

気さくな雰囲気で尋ねる漣に、ふたりはすっかり打ち解けた様子で話しはじめる。

「妹は漫画イラスト学科で、あたしは……あ、皐月っていうんですけど、ライター学科の二年です」

「へえ、じゃあ、ふたりともクリエイターのたまごさんなんだ」

そこでふと美咲が視線を感じて首を傾げると、漣がニッコリと微笑みかけてきた。

「ねえ、この店の名前の由来、ふたりに教えてあげたら？」

そう言われ、少し照れくさく感じながらも美咲が説明すると、思いのほかふたりは食いついてきた。

「へえ、クリエイターのたまごが集まれるようなカフェ……素敵だと思います」

「うん、あたしもおもしろいと思うな。ここで交流会とかやったら、楽しそうじゃない？」

「あ、そういう意見、ありがたいな！　このカフェのことでなにか気がついたこととか、こういうのがあったらいいな、っていうこと、ほかにもないかな？」

漣の問いに、ふたりはキョロキョロと店内を見回し、それからほぼ同時に口を開いた。

「クリエイターのたまごの作品を、店内で展示したり、販売するとか？」

「ショップカードとか、ホームページ、SNS上に『クリエイターのたまご歓迎！』って書いて宣伝するというのはどうでしょうか？」

「おおっ、ふたりともそのアイデアいいね！　あ、でも、ショップカードもサイトもないし、SNSもやってないんだよね～、美咲店長？」

話を急に振られた美咲は慌てて頷き、そしてふとひらめいた。

「いっそのこと、ウチの店のショップカードや、ホームページのデザインを考えてくれる人、クリエイターのたまごさんから募集してみましょうか？」

そのなにげない美咲の提案に、漣と芽生が目を輝かせた。

「そのアイデアいいな！　やろうやろう！」

「あの……わ、わたしでよければ、ショップカードのデザイン考えてみますけど……」

「えっ、いいの？」

そんなノリで話が盛り上がり、芽生は常に持ち歩いているというスケッチブックとペンをリュックから取りだすと、その場でサラサラと絵を描きはじめた。

「『エッグ』で『プラネット』……だから、ロゴはこんな感じかなぁ……」

と、いくつか描いてくれたロゴのひとつを見せられた瞬間、美咲と漣は驚いた。

つぶらな瞳と小さな口、顔の付いた丸い形のナスが、土星の輪にも見えるフラフープを回しているその絵が、ナスの姿でいるときの蒼空にそっくりだったからだ。

「驚いたな。もちろん、俺はすごくいいと思うんだけど、美咲店長はどう思う？」

「ええ、とても、らしいというか、私も気に入りました。なので、即決です。ぜひそれをこの店のロゴマークとして使わせていただけないでしょうか？」

「ほ、本当にこんなのでいいんですか？」

「ええ、ぜひ！」

「芽生、すごいじゃん！　初仕事ゲットだね！」

　その後もデザインや他愛ない話で盛り上がり、あっという間に閉店時間を迎え、皐月と芽生の双子姉妹は「また来ます」と約束して帰っていったのだった――。


　それから数日後の夕方――。

　再び店を訪れた皐月と芽生は、どこか沈んだ様子でカウンター席に腰掛けた。

　ふたりはすっかり気に入ったのか、揃ってラテアートを注文したのだったが、絵柄は漣にお任せするということだった。

「ふたりとも、元気ないみたいですけど、なにかあったんですか？」

　漣がラテを作る手を止め、そう尋ねると、双子のうち先に口を開いたのは、めずらしく妹の芽生のほうだった。

「実は……皐月が数か月前に応募した小説新人賞の結果発表がありまして……」

　その出だしだけで、漣とその隣で耳を傾けていた美咲も、これから打ち明けられる話の内容を察して沈んだ顔つきになる。

「あーもうっ、今回は学校の先生にも『おもしろい』って褒められてたし、あたしも期待してたのに、結局一次選考止まりだよ～！」

「皐月、元気出して！　わたしなんて、この前、投稿した漫画もイラストも、全滅だったんだよ？　それに比べたら一次は通過してるんだもん、すごいよ！」

「でも、デビューできないんだったら何次だって一緒だよー。それにさ、学校にいられるのもあと少しだし、なんかすっごく焦るっていうか……」

美咲がふたりの会話に、どう加わっていいかわからずオロオロしていると、漣が「うんうん」と深く頷いてから口を開いた。

「俺は小説とか漫画とか書いたことがないから、なんのアドバイスもできないんすけど」

そう前置きしてから、完成したラテアートをふたりの前に置いた。

「皐月、これ……」

「芽生、これって……」

それぞれのカップには、皐月と芽生によく似た笑顔の女性が描かれている。

「それ飲んで、元気になってもらえると嬉しいっす。ね、美咲店長もそう思うでしょ」

漣がふたりに伝えたかった想いを感じ取った美咲は、何度も首を縦に振る。

「は、はい。私たちには、皐月さんや芽生さんのような〝たまご〟さんたちのことを応援することしかできないんですけど。このカフェで、好きな飲み物を飲んだり、甘いものを食べたりして、息抜きしていってくださいね」

「そうそう！　あ、ちなみに今日のおすすめスイーツは、美咲店長特製、ナッスパイ！」

すかさず新メニューを勧める漣に、皐月と芽生だけでなく美咲も思わず笑みをこぼした。

「ナッスパイ!?　なんですかそれ！　芽生、食べてみる？」

「えっ、でも、ナスのパイなんですよね？　わたし、ナスはちょっと苦手で……」

「あれ？　でもこの前、ナスコーンセットに付いてるジャムは食べてましたよね？」

「え、はい……って、あれまさか……」

「ええ、ナスのジャムだったんですけど……」

目を丸くして驚いている芽生に、漣は爽やかな表情を浮かべて言葉を続ける。

「あのジャムが大丈夫だったのなら、ナッスパイも絶対いけますって！　一度騙されたと思って食べてみてくださいよ！　あれはナスが苦手な方にも召し上がっていただけるようにって、美咲店長が考案したメニューなんで、ぜひ！」

美咲は少し前、お客さんから「ナス以外のメニューを作ってはどうか」とアドバイスされたのだったが、それではナスをコンセプトにしたこのカフェらしさがなくなると思い、ナス嫌いの人でも食べられるメニューを必死で考えたのだった。

「じゃあ……ナッスパイっていうの、ひとつください」

「はい、どうぞー！」

と注文を待ちかまえていた漣がすぐにお皿を出すと、双子は目を見開いた。

「わあ、ナスの形をしたパイなんだ！」

「か、形だけじゃなく、中に入っているのもナスなんです。あ、リンゴジュースで煮込んで作ったナスフィリングなので、きっと食べやすいはず……です」

美咲の説明を聞きながら、まず先に皐月が恐る恐るといった様子でパイを口に運んだ。

サクッとパイ生地が音を立て、中からとろりと甘いナスのフィリングが顔を出す。

「えっ、これ、本当にナス？　普通においしいアップルパイみたいな感じなんだけど」

「そ、そうなの？　じゃあ……」

と、続いて芽生も一口頬張り、驚きに目を瞬かせた。

「本当だ……これ、アップルパイだよって言われたとしても全然違和感ないっていうか、わたし、これならナスでも食べられる！　おいしい！」

「あ、ありがとうございます……」

美咲はこれ以上なく嬉しい感想に喜びながら、店に入ってきたときとは打って変わって明るい表情になったふたりの姿に、羨むようなまなざしを向ける。

「美咲店長さっすが！　これで、ナス嫌いの人にも自信を持って勧められるメニューができたじゃん！……って、美咲店長どうかした？」

「あ、いえ……とても仲のいい姉妹だなーって思っただけです……」

「ああ、たしかに。俺は小さい頃に親が離婚してさ、姉ちゃんは母親に、俺は会社の跡継ぎが欲しいっていう父親に引き取られてバラバラになっちゃったからなあ。姉妹で仲良くしていられるのは羨ましいなー」

「そ、そうだったんですか……」

美咲は、サラッと明かされた漣の身の上話に驚き、なんと言ったらいいかわからず困惑した。が、気にした風もなく漣から「美咲店長、兄弟は？」と尋ねられ、口ごもった。

「わ、私は兄と……妹がいます。あと、姉のように慕っている人も……」

高校で英語教師をしている兄と、妹。そして、今は仕事で海外出張中の、潮の顔を順に思い浮かべ、美咲は漣から見えないところでギュッと拳を握り締める。

「へえ、なんか俺、勝手に美咲店長は末っ子っぽいなーって思ってたわ」

「そ、そうですか……？」

と、そんな話をしていると、芽生が突然「あっ」と声を上げた。

「すみません、いろいろあってすっかり忘れてたんですけど、実は……今日はこれを見てもらおうと思って来たんでした！」

そう言ってリュックの中から芽生が取りだしたのは、透明なクリアファイルにはさみこんである名刺サイズのカードだった。

表面には、数日前に店に来たとき、芽生が考案してくれた『エッグ・プラネット・カフェ』をイメージしたロゴキャラクターと、ナスの花のイラストと店名が、そして裏面には、店の地図と、「クリエイターのたまご」大歓迎の店、と書かれている。

「これ……名刺用紙が家にあったので、試しにデザインして印刷してみたんですけど……どうでしょうか？」

それを見た美咲と漣は、顔を見合わせてにんまりとする。

「すげー、芽生さん、仕事めっちゃ早いっすね！　しかも、センス抜群！」

「本当、すごくかわいくて素敵で、むしろウチのカフェにはもったいないくらいです」

ふたりの感想に、芽生は照れくさそうに顔を赤く染める。

「そう言ってもらえると、頑張った甲斐がありました。じゃあ、今度多めに作って持ってきますね！」

「あ、もちろん、紙代とかインク代とか作るのにかかった費用と、デザイン料はお支払いしますから！」

美咲が慌てて付け加えると、芽生は「そ、そんなのいらないですよ～」と、首を大きく横に振った。

「だって、わたしが好きで作ってみただけですから……」

そう言った芽生に、漣が真面目な表情を向ける。

「技術の安売りはしちゃダメですよ！　俺たちは芽生さんの作ってくれたものに対して、相応の報酬を支払いたいって言ってるんです。もっと自信持ってくださいよ」

「わ、わかりました……」

そんな話をしていると、店の奥からふらりと少年の姿の蒼空が現れ、皐月と芽生が座っているカウンター席に近づいていった。

「おっ、なんや、ショップカードってやつ、できたん？」

美咲と漣から話を聞かされたときから興味を示していた蒼空は、キラリと目を輝かせて、カードの入ったクリアファイルに手を伸ばす。

「おお、こりゃええなあ。せやけど、どうせなら、この裏にナス形のハンコを押していく枠みたいのも追加せぇへん？　最近、ペタペタすんのにハマっとって……」

皐月と芽生は、突然出てきた少年が意見を言いだしたので困惑した様子を見せた。

「ま、待って待って、そういうキミは誰なのよ？」

皐月が尋ねると、蒼空は「ん？」と顔を上げ、パッと人懐こい笑みをふたりに向けた。

「俺様の名前は蒼空。青空を意味する〝蒼空〟って書いて『蒼空《そら》』や」

そう名乗った蒼空に続き、漣がフォローするように割って入る。

「蒼空は美咲店長の親戚で、ときどきカフェに遊びに来てる子なんですよ。ちょっと変わったヤツだけど、仲良くしてやってください」

「なるほど、そうだったんですね！　蒼空くん、はじめまして。あたしは芹川《せりかわ》皐月、こっちは妹の芽生っていうんだ。よろしくね！」

「よろしくね、蒼空くん」

「おう、よろしくな！　で、さっきの話に戻るんやけど……」

「ハンコをペタペタ……か。美咲店長、ショップカード兼スタンプカードにするってのはアリじゃない？」

漣が蒼空の意見を後押しするように言うと、美咲は少し考えてから頷いた。

「来店一回につきスタンプ一個……クリエイターのたまごの日は二倍押します、とか……枠いっぱいまで貯まったら、割引券として使える……とか、そんな感じですかね？　あ、ショップカードは宣伝用、スタンプカードは来店した人に渡す用にして、二種類作ったほうがいいかもしれない……」

美咲がパッと思いついたことを口にすると、漣は少し意外そうな表情を浮かべた。

「おおっ、なんかもうすでにやる気満々だな！」

「よっしゃ！　ほんなら俺様、ハンコをペタペタする係やから、押すときは呼んでな！」

「うん、そこは蒼空に任せるから。ええと、じゃあ……」

美咲はさっそく芽生にスタンプカードのデザインも頼もうと、声をかけようとして目をみはる。

そこには先日同様、スケッチブックを取りだして、サラサラとデザイン案を描きだしている芽生の姿があった。

「芽生も、やる気満々だね！　よし、あたしも負けずに頑張ろーっと！」

こうしてエッグ・プラネット・カフェでの出会いをきっかけに、クリエイターのたまごがカラを割ろうと動きはじめたのだった――。

三章
ナスとみんなの声を聴け

Delicious recipes of Egg planet cafe

六月八日。金曜日、朝六時半――。

関東は梅雨入りが発表されたばかりだったが、今朝はまぶしい陽の光がエッグ・プラネット・カフェの裏庭に降り注いでいた。

先月はまだ弱々しかったナスの苗はしっかり根が張ったようで、青々とした大きな葉を広げ、グングンと成長を続けている。

そこには、ナスの成長と比例するように、また少しだけ背が伸び、最近になって外にも出られるようになった蒼空と、菜園のナスに水をあげている漣の姿があった。

「梅雨とは思えない天気だなー」

ふと水やりの手を止め、漣が青い空を仰ぎ見た。

漣の隣で、水がしたたるナスの葉を観察していた蒼空が立ち上がり、嬉しそうにピョンと跳ねる。

「よっしゃ、絶好の散歩日和やな！　今日こそは俺様、彩瀬商店街、食べ歩きの旅に出たるで！」

「えっ、ひとりで行く気か？」

「もちろん！　どうせ、漣や美咲は店のことで忙しいんやろ？　手間は取らせんから安心せぇ」

「いや、ダメだろ。どっからどう見ても小学生にしか見えない奴が、昼間に商店街で食べ歩きなんてしてみろ、怪しまれるぞ。っていうか、お金はどうする気だ？」

「お金のことなら問題ない！　商店街には仲ようしてる人がぎょうさんおるし、なんてったって俺様は神様やで。みんなうまいもん、喜んで捧げてくれるにちがいない！」

「って、いやいやいや、正体バラしたらダメだろ！　それに、そう簡単に奢ってもらえるわけないし！　でもまあ……」

「え〜〜〜、いやや、いやや〜！　俺様もっと人間界を満喫したいんや〜！」

と漣の言葉をさえぎり、蒼空は駄々をこねる小さな子どものように、その場に転がってジタバタと暴れはじめる。

水をまいたばかりの土の上で、蒼空はみるみるうちに泥だらけになっていき、そして力尽きたのか、ポンッ！　と音を立ててナス姿に戻ってしまった。

「あーあ、もう……すっかり泥んこじゃないか。そのまま店に入ったら、綺麗好きな美咲店長に怒られるぞ〜」

「いやや、いやや〜！　お〜さんぽ〜！　食べ歩き〜！」

ナス姿になってもなお、土の上で暴れ続ける蒼空を見て、漣は小さく息をつく。

「まったく世話の焼ける神様だな……」

そうつぶやいてからジョウロを足もとに置くと、なんだか楽しそうに転がっているようにも見える蒼空を、両手で素早くガシッと捕獲した。

「ぎゃあっ！　離せ〜！」

「お前、今ちょっと転がるの楽しんでただろ……」

「……な、なんのことや〜？」

すっとぼける茄子神様を掴んだまま睨みつけた漣は、庭の片隅に置かれた用具箱から、ナス姿の蒼空を洗うための野菜用洗剤ボトルを取りだす。

「ほれ、おとなしく洗われろ！　これ以上暴れるんだったら、今日のまかないなしだぞ」

「そっ、それだけは堪忍や〜！　漣が作ったうまい飯を食わんと、元気がでぇへんー」

「だろ、じゃあ、ピカピカにしてやるから、ちょっとの間ジッとしてろ！」

漣の厳しい言葉に、しょんぼりとした蒼空は、泡でブクブクと洗われ、艶を取り戻す。

「よし、こんなもんか。じゃ、水で流すぞー」

と漣がジョウロに入っている水を蒼空の頭からかけようとしたとき——それまでおとなしくしていた蒼空の目がキラリと光った。

「仕返しやー！」

瞬時に少年姿に変わった蒼空がそう叫び、ジョウロを漣の手から奪おうとしたが、見事にかわされる。しかし、とっさにジョウロを蒼空から死守しようとした漣は、湿った土に足を取られ、体勢を崩した。

「うわっ！」

漣は転びそうになった勢いでジョウロを放り投げ、反対の手で蒼空の腕を掴んだ。

そうしてふたりは重なるようにして倒れこみ——頭から水をかぶってしまった。

「おいっ、急になにすんだよ！」

「なんや、俺様は悪ないで！　漣が急にジョウロから手を離したからや！」

「ああもう、服がビショビショだよ……どうすんだ、これ。蒼空、神様ならなんとかしてくれよ〜」

「ほな、今日のまかない、大盛りにしてくれるか？」

「わかったわかった、特盛りにしてやるから」

「散歩にも連れてってくれるか？」

「はいはい、ついていってやるから、早くどうにかしてくれって……」

そうして再び泥だらけになった蒼空と漣が立ち上がろうとしたとき、勝手口のドアが開き、菜園の手入れをしに来た庄一がにこやかに現れた。

「朝から水遊びとは元気じゃのぅ！　ほれ、ふたりとも暇しておるんなら、この苗を植えるの手伝ってくれんか」

「って、水遊びやないし！」

「暇でもないっすよ、庄一さん！」

「そうかい、そうかい」

庄一はふたりの反論をニコニコと笑って聞き流すと、手に持っていた大きめのビニール袋から、苗の入った黒いポットを取りだしはじめる。

ハスのような形をした小さくて丸い葉と、明るいオレンジ色のつぼみを付けた植物の苗を、漣と蒼空にひとつずつ渡すと、しゃがみこんでナスの株下の土をポンと叩いた。

「今日はこれを植えに来たんじゃ。『ナスタチウム』っていうハーブでな、ナスのそばに植えてやると、テントウムシが寄ってきて、アブラムシ対策になるんじゃ。しかも、ナスタチウム自体の葉っぱも花もおいしくいただける、優れものじゃ！」

「ああ、いわゆる〝コンパニオンプランツ〟ってやつですね。一緒に植えてやるとお互いにいい効果が得られるっていう……」

「おや、漣くんは若いのに物知りじゃなあ。そうそう、お前さんたちふたりも仲間《コンパニオン》なんじゃから、仲良く植えるのを手伝ってくれんかの？」

「ふ、ふん！　まあ、俺様の大切なナスのためやからな、仕方ない……」

「お、俺は大人だからな、さっきのことは水に流して、手伝ってやるよ」

互いにプイッとそっぽを向きながらも、並んでハーブの苗を植えはじめる蒼空と漣。

そしてふたりを温かく見守る庄一なのだった――。


一方その頃、美咲はモーニング営業の準備を早めに済ませ、キッチンで新しいメニューの試作品作りをしていた。

というのも、お客さんからいくつかリクエストをもらったからだ。

その、ひとつめのリクエスト……それは数日前のランチタイムに三歳くらいの子どもを連れた女性が来店したときのことだった。

漣と美咲は相談して、食材の無駄を減らすためにもメニューの数を半分に減らし、人気のあるものだけに絞ったのだが――。

「あの、すみません……息子がこの『ナスのドライカレー』を食べたいって言うんですけど、辛さってどれくらいでしょうか？　小さい子でも食べられます？」

そう尋ねられ、美咲はハッとした。

「申し訳ございません、当店のカレーは香辛料をふんだんに使った大人向けの刺激のあるカレーですので、小さなお子様には厳しいかと思います」

「あー、そうなんですね。うーん、じゃあ、どれにしようかしら……」

メニューブックをジッと見つめ、悩んでいる様子の母親を前に、美咲はなにか子どもにも勧められるメニューはなかったかなと考えた。

「それでしたら、こちらのナスオムライスはいかがでしょうか？」

子どもが喜びそうなメニューだと思い提案した美咲だったのだが、母親はすぐに申し訳なさそうな顔つきになる。

「すみません、うちの子、卵アレルギーがあるので……」

「そ、それは失礼いたしました。それでは……息子さんのお好きな食べ物というと、どのようなものがありますでしょうか？」

なにか喜んでもらえそうなメニューはないか、最悪、メニューになくても、簡単なものならサービスで作って提供するつもりで、美咲は尋ねた。

「そうですね……つなぎに卵を使っていないハンバーグとか、フライドポテト、いももち、納豆と白いご飯……あとは牛乳とミニトマトとフルーツが大好物ですけど……」

不安そうな表情で思いつく食べ物をあげてくれた母親に、美咲は「かしこまりました、少々お待ちくださいい」と告げるとキッチンにいる漣に相談しに行った。

すると、漣は楽しそうに目を輝かせ、ドンと自分の胸を叩いた。

「わかった、俺に任せて！　その子が喜びそうなスペシャルお子様ランチ、作るよ！」

頼もしい言葉を返され、ホッした美咲が母親に伝えに行くと、横で聞いていた子どもが「わーい！　すぺしゃる！　たべたい！」と笑顔でバンザイした。

そうして即席で用意された『漣特製お子様メニュー』は、タマネギとひき肉だけで作ったシンプルなミニハンバーグと星形のニンジングラッセ、冷製ナスポタージュ、ナス形で抜き、黒ゴマで顔を描いた白いご飯、ミニトマト、花形のキウイ、それらをひとつのお皿に綺麗に盛り付けたものとなった。

これには親子ともども大喜びで、帰り際には母親に何度もお礼を言われた。

そんなことがあり、美咲は改めてこの店を〝子どもから大人まで歓迎する店〟にしたい、と強く思い、キッズメニューを考案することにしたのだった。

そしてふたつめのリクエストは、この彩瀬商店街で店舗経営をしている人たちの集まり——彩瀬商店会の女性陣の会話から生まれた。

モーニング営業をはじめて数日が経ったある日、開店前にちょっと一息つこうと、商店街で働く女性たちがやってきた。

　はじめはコーヒーカップ片手に世間話をしていただけだったのだが、なにかの話をきっかけに、ランチタイムにときどき日替わりメニューとして出している、漣の『ナス味噌』の話題になった。

「もちろん、ここへ来てアツアツを食べるのが一番なんだけどさ、店が忙しくてなかなか抜けられない日もあるじゃない？」

「あるある！　で、ランチタイム終わっちゃって、おやつくらいの時間になっちゃうと、今日はもうお昼ご飯はいいや！　ってなるのよね」

「でも結局、お客さんの見てないところでおせんべいとかお団子とかつまんじゃってさ、気づいたらこの立派な太鼓腹の完成ってね！　ははは！」

『やおはち』のおばちゃんが立派に肥えたお腹を恥ずかしげもなくポンと叩いてみせると、ドッと笑いが起こる。

「そうそう。でもやっぱ、わたしらは体が資本だからさあ、ちゃんとご飯食べないといけないわよねえ」

「でも、作るのはめんどくさいのよ！　そりゃあ、駅前まで出れば、コンビニでおにぎりとか買えるけどさ、わざわざ行くのもなんだしね～」

「これから暑くなってくると、極力、店から出ずに体力温存したいしねえ……」

「ね～。かといって、出前取ると高くつくし……おにぎり一個から配達してくれる弁当屋さんとかって、この辺にないかしら？」

そんな会話を聞いていて、美咲はパッとひらめいたことをすぐ漣に打ち明けた。

「漣さんのナス味噌をおにぎりの具にして、商店街の中だけに限って、一個から配達するっていうのはどうでしょう？」

すると、漣が返事するよりも先に、店内にいた耳のいいおばちゃんたちが目を輝かせ、カウンターを乗り越える勢いで食いついてきた。

「あらなに、美咲ちゃん、ナス味噌おにぎりなんて作るの⁉　ぜひ食べてみたいわ！」

「ほかにどんな具があるのかしら？　ウチにも何個か配達してちょうだいよ」

もうすでに確定事項のように盛り上がって話しはじめたお客さんたちに、美咲と漣は顔を見合わせ、これはもうあとには引けなくなったぞ、と覚悟を決める。

「でも、配達はどうしましょう？　庄じぃが手伝いに来てくれたときだけにするとか？　それとも私が……」

そう言いかけたとき、おばちゃんのひとりが「はいはーい！」と手を上げた。

「商店街の中だけだっていうんなら、注文した人のうち、誰かがまとめて受け取りに来て、自分の店に帰りがてら配って回るくらい、やるわよね～」

「まあ、それくらいならねえ。みんなそれぞれ助け合いよ、助け合い！」

そうして話が進み、あれよあれよという間に『おにぎりテイクアウト』をはじめることが決定したのだった。

しかしこれからの時期、怖いのが食中毒だ。それに加え、店内ですぐアツアツのものを食べてもらえるならともかく、持ち帰りとなると時間が経ち、冷たくなってしまう。

冷えてもおいしいおにぎりの具材、おにぎり以外のテイクアウトメニューの考案、傷みにくい食材選びなど、いざ実行に移すまでにはクリアしなければならないことが山のように存在した。

しかし、何事も一歩一歩の積み重ねが大事だと、美咲はリクエストされたことをありがたく受け止め、夜、家に帰ってからも遅くまでメニュー考案に時間を割いていた。

「食材を傷みにくくするには、味を濃いめにするとか、ショウガやシソを合わせるのも手、なのよね……ふわぁ……」

と、ここ数日、寝不足になっていた美咲は、思わず出そうになったあくびを噛み殺した。

試作の小さなおにぎりを握っていた手を止め、目元に滲んだ涙をティッシュで拭っていると、そこへ裏庭に出ていた漣と、少年姿の蒼空が戻ってきた。

「どうしたの？　美咲店長、今泣いてた？」

「えっ？　あ、これはその、あくびして出た涙を拭いていただけで……」

漣に心配され、美咲は恥ずかしくなりながら事情を話す。すると漣は美咲の顔をジッと見つめてから、「もしかして」とつぶやいた。

「あまり寝てないの？　ちゃんと休息取れてる……？」

そう尋ねられた美咲は答えに困って視線を泳がせる。

「だ、大丈夫ですよ。ちゃんと寝てますし……すみません、ご心配おかけして。そ、それより、ふたりとも、なんだか妙に汚れてません？」

「これは漣が……！」

「これはナスやんが……！」

「あ、ナスやん言うな！」

「だってナスの神様なんだから、ナスやんでいいだろ！」

「俺様の名前は蒼空や。青い空を意味する〝蒼空〟って書いて『蒼空《そら》』！　名前は特別で大切なもんなんやから、ちゃんと呼ばな、怒るで！」

と、ふたりが突然にらみ合って言い争いをはじめたので、美咲は慌てる。

「け、ケンカでもしたんですか？」

「まあ、そんなとこ。ところで蒼空、綺麗に戻してくれるって約束は⁉」

「わかっとるがな。ほな、いくで！」

美咲にはなんのことだかわからなかったが、蒼空が軽く手を上げると、光の粒子のようなものが舞い、それが漣の体全体を包みこんだかに見えた次の瞬間――。

「おおっ、すごいな！　腕に付いてた泥も服の汚れも全部、綺麗に消えてる！」

漣の言うとおり、先ほどまで薄汚れて見えていた漣の服が、一瞬にしてピカピカになっていた。

「い、今のはいったい……？」

「さっきナスやん……じゃないや、蒼空と庭でちょっとあってさ。汚れちゃったから綺麗にしてくれって頼んでたんだ。しっかしホントにこんなことができるなんて、さすが神様というか、蒼空って本当に神様だったんだな……」

感心したように言う漣に、蒼空はニヤニヤと含みのある笑みを向ける。

「ほな、漣も俺様との約束、ちゃんと守ってもらうで！」

「わかってるよ、まだどこの店も開いてないから、あとでだからな！」

「おぅ！　絶対やでー」

蒼空は嬉しそうに言うと、美咲が試作し並べていたミニサイズのおにぎりのひとつをヒョイと取って口に放りこんだ。

「あっ、こら、蒼空ってば！　勝手に……」

「ん～、握り方は俺様好みやけど、具はなんやこれ？」

「えっと、ナスジャムを作るときに剥いて余った皮を、ちりめんじゃこと一緒に炒めて、甘辛く味つけした佃煮なんだけど……ダメかな？」

美咲が恐る恐る尋ねると、蒼空はちょっと偉そうに腕を組んでみせる。

「うーん、三十点やな！　じゃこが主張しすぎてナスが泣いとるわ。ほな、俺様は散歩に備えてちょっと寝てくるから、あとよろしくな！」

蒼空はそう言い残し、パントリーへ走ると、見えない二階へ消えていった。

「三十点……うーん、やっぱり今度はショウガでも入れて作ってみようかな。おにぎりの具って意外と難しいな……」

辛口の評価にうなだれていると、漣が励ますようにツンと美咲の肘を軽く小突く。

「俺もいくつか具の案は考えてきたから、あとで味見頼むな……っと、それはともかく、俺、今日の夕方はちょっとだけ抜けさせてもらっていいかな？　蒼空を商店街散歩に連れていくって約束しちゃったからさ……」

「あっ、はい、抜けるのは全然かまわないですけど……なんだか最近、ふたりは一段と仲良くなりましたね？」

休憩時間に裏庭で楽しそうにしゃべっていたり、仕込み中に蒼空がつまみ食いしに来て、意見を言い合っていたり、という光景を何度か見て、美咲は驚くと同時に羨ましくも感じていた。

美咲にとって、なんでも気兼ねなく話しあえる親友の潮は、出張中で遥か遠く海の向こうだ。メールではときどき、お互いの近況報告をしあっているが、しばらく会っていないので寂しくなってきていた。

そんな美咲の様子を見て、自分と蒼空の間にまざりたいのかと考えた漣が、ニッと笑う。

「もしかして美咲店長、妬いてる？」

心の中を見透かされたようで、ドキッとした美咲はごまかそうと、慌てて首を横に振った。

「ち、ちがいますっ！　私はただ、ふたりが仲いいのを見てたら、最近会えていない親友のことを思いだしただけで……」

「ふーん……そっか。ちなみにその親友さんってどんな子なのか、聞いてもいい？」

そういえば、これまで漣とはあまりプライベートのことは話したことがなかったな、と思いながら、美咲は頷き返す。

「五歳年上の、実の姉のように慕っている人なんです。プロのカメラマンで、去年、大きな写真コンテストで賞を取ってからは仕事が忙しくなっちゃって。でも、このカフェを開く前、物件探しとか、必要なものを揃えるときとかも協力してくれて……」

「あっ、もしかしてこの店のメニューブックの料理写真を撮ったのって、その人？」

「そうです、よくわかりましたね？」

「アングルとか光の当て方とかプロの仕事だし、それでいて料理がおいしそうに見えるようになっていて、すごいなって密かに思ってたんだよね」

漣に潮が撮った写真を褒められ、美咲は自分のことのように嬉しくなる。

「ありがとうございます、今度、彼女に会ったら伝えておきます」

「うんうん。それにしても、美咲店長がその人のこと、すごく大切に想ってるのが伝わってくるなあ……」

漣の言葉に、美咲は照れくささを覚え、ニヤけそうになったのをごまかそうとして手近なおにぎりを頬張る。

「……たしかに、これは三十点かな」

と、蒼空にもらった評価に納得して頷くと、店内の茄子時計が「ナッスー」と鳴いて、モーニング営業の開始時刻を告げたのだった――。

その日の夕方五時過ぎ――。

「たっだいまー、今戻ったで～！」

「美咲店長、戻りました～」

つい先ほどまでいた二組のお客さんが会計を済ませて帰っていき、店内が静かになった直後、蒼空が店のドアを開けて元気よく入ってきた。

その顔はいつになく満足そうで、両手にはいい香りを漂わせた白いビニール袋を下げている。

一方の漣は、蒼空に振り回されたのか、全身から疲労感をにじませていた。

「ふたりとも、おかえりなさい！　彩瀬商店街、食べ歩きデートはどうでした？」

「ふっふっふ、めっちゃ楽しかったで！」

蒼空はご機嫌な様子でそう答えると、キッチンに立っていた美咲のもとへ駆け寄って、ビニール袋の中から紙袋を取りだした。

「ほい、おみやげ買《こ》うてきたでっ！　アツアツ揚げたて『肉のもぐもぐ』特製のメンチカツとコロッケ！」

袋から顔を覗かせているおいしそうなキツネ色の揚げ物ふたつを前に、美咲は感激して手を合わせそうになった。香ばしい匂いは、嗅いだだけでよだれがあふれでてくる。

「うわあぁ、『肉のもぐもぐ』さんのメンチとコロッケ、久しぶり～！」

我を忘れ、ゴクリと喉を鳴らして手を伸ばしかけたとき、ふと視線を感じて顔を上げた。

するると、なぜか漣が美咲のほうを見てクスクスと笑っている。

「……あの、漣さん？」

「ふふっ、いやごめん笑ったりして。なんか今、美咲店長の〝素〟が見えてちょっとかわいいなって思っただけだから……うん、俺のことは気にせず、熱いうちに食べて！」

そんなことを言われた美咲は、クルリと漣に背を向けてその場にしゃがみこむ。

「そ、その……お恥ずかしいところをお見せして、失礼しました……」

美咲は、まるで自分がフライにされたんじゃないかと思うほどほてった頬を両手で押さえながら、消え入りそうな声でつぶやいた。

すると、蒼空が不思議そうに美咲の顔をのぞきこんできて、首を傾げた。

「なんや、食わんなら、俺様が食うけどええんか？」

「だ、だめっ！　これは美咲の……わ、私の大好物だから……その……いただきます」

蒼空が持っていこうとした紙袋を慌てて抱えこむと、美咲はこの場にいることに耐えられなくなってパントリーへ駆けこんだ。

「なんや、美咲って食いしん坊やったんやな～」

「うん、なんか彼女のすごく意外な一面というか、貴重な瞬間を見ることができた気がするよ。蒼空、ありがとな！」

「いやあ、漣こそ、今日は付きおぉてくれておおきに！　また行こな！」

「えー、まあ……そのうちなー」

そうしてお客さんのいない店内で、まったりとしながら笑い合っている漣と蒼空の声をかすかに聞きながら、美咲はしゃがみこんでコロッケを頬張った。

衣の軽い食感だけでなく、揚げたてのときにしか聞けないサクッという音の響きすらもおいしく、口の中にホクホクとしたジャガイモの甘みと優しい塩気が広がっていく。

「……やっぱ最高～」

続いてメンチカツ。こちらは噛んだ瞬間、ジュワッとこれでもかという肉汁があふれだし、衣の香ばしさと肉の旨みを存分に楽しめる逸品だ。

そんなふたつの幸せを大切に味わい終えた美咲は、明日の朝おやっさんに会ったら必ず「ごちそうさま」を言おうと決め、立ち上がった。

それから美咲が何事もなかった体《てい》を装ってキッチンへ戻ると、待っていたかのように蒼空が話を切りだした。

「でな、散歩の途中で俺様たち、会《お》うたんや！」

「そうそう、あの、いつもナスコーンセットを注文してくれる常連の彼に！」

蒼空と漣は息ピッタリにそう言って、ことの経緯を語りはじめる。

「先に見つけたのは俺だったんだ。蒼空が、最近の人間が聴いている音楽に興味があるっていうから、斜め向かいにある楽器店に入ってさ……」

蒼空が一階に展示販売されている楽器をいじって遊んだあと、二階へ行き、いろんなジャンルの曲を試聴していると、レジカウンターの向こうに彼が立っていたと言うのだ。

「そこで俺様は会話のきっかけ作ったってやろー思て、〝しーでぃー〟ってやつを一枚買うことにしたんや」

「支払ったのは俺だけどな……」

漣のツッコミを無視し、蒼空はどこか誇らしげに「じゃじゃーん！」という効果音付きで袋の中からアルバムCDを取りだした。それは『竹林の調べ』という、若手尺八奏者の作品で、蒼空はジャケット写真の竹林の雰囲気が気に入ったのだという。

「で、レジに行ったときに、声をかけてみたんだ。『いつもご来店ありがとうございます』って。そしたらお兄さん……橘田《きった》悠馬《はるま》くんっていうらしいんだけど、ビックリしてさ」

「せやけど、悠馬の兄ちゃんは仕事中やさかい、あんまり長話するんはあれやったから、自己紹介だけして帰ってきたんや」

蒼空がCDケースの周りにかけられた薄いビニールを開けようと苦戦していると、漣がさりげなく手を出して代わりに開けてあげる。

「まあ、今度またウチのカフェに来るって言ってたから、そのときにブログ記事のこと、お礼言おうぜ」

「ええ、ぜひ。それにしても、近くで働いてらっしゃるとは記事に書いてありましたけど、本当に目と鼻の先にあるお店だったなんて……ビックリですけど嬉しいですね」

「だな。ゆっくり話せるといいんだけど……」

そんな会話を交わした次の日――。

ランチタイムが終わる間際のいつもの時間に、悠馬がやってきた。

普段は窓際の席を選ぶ悠馬だったが、昨日のことがあり、漣と話すつもりで来てくれたのか、カウンター席に腰を下ろした。

「今日もいつもの、でよろしいですか？」

レモンで香り付けしてあるお冷やのグラスと、おしぼりを置きながら美咲が尋ねると、悠馬は頷きかけてから少し照れくさそうに笑い、首を横に振った。

「いえ、今日はちがうものを頼んでみます。えっと……ブランマンジェのナスソース添えと、アールグレイのアイスティーで……」

「はい、かしこまりました。少々お待ちくださいね」

美咲は悠馬のほんのわずかな心境の変化を感じ取りながら、注文されたものを用意しはじめる。その間に、漣が彼に話しかけた。

「昨日はどうも、急に話しかけてしまって失礼しました」

「いえ、カフェの店員さんのほうから声をかけていただけて嬉しかったです。僕、すごくナスが好きで、この店はなにからなにまでナスづくしだったので驚いて……嬉しくて……お店の人もナスが好きならぜひお話ししてみたいなって思っていましたので……」

「そういうことでしたら、俺より美咲店長と話したほうが、気が合うかもですよ」

まさかそこで急に話を振られるとは思っていなかった美咲は、驚いて「えっ？」と思わず声に出してしまった。冷蔵庫から出してきたブランマンジェにナスソースを注いでいる途中だった手を止める。

「あ、やっぱり店長さんがナス好きなんですね！」

「はっ、はいっ、ナス……いいですよね」

美咲は困惑気味にそう返すと、「少々お待ちくださいね」と断りを入れてから、カップのまんなかに裏庭で採れたミントの葉を添え、ブランマンジェを完成させた。

次はアイスティー。水出しで作り置きしておいてもいいのだが、紅茶にこだわりのある美咲は、注文が入ってから用意するようにしていた。

まずは透明なグラスにアイスキューブをたっぷりと入れ、そこにポットで濃い目に淹れたアールグレイを一気に注いでいく。パキパキッと氷が割れる音が静かに響き、マドラーで手早くかき混ぜれば、透き通った綺麗な色のアイスティーの完成だ。

アイスティーを淹れるときはこうして一気に冷やさないと、クリームダウンと呼ばれる紅茶の色が白く濁る現象が起き、味も落ちてしまうので、気をつけなければならないのだ。

そうして淹れたてのアールグレイのアイスティーとガムシロップ、鮮やかな紫色のナスソースがかかったブランマンジェを、悠馬の席に持っていった。

「お待たせいたしました」

「わあ、綺麗なナス色のソースですね！　いただきます！」

悠馬がソースの色を「ナス色」と表現したことに親近感を覚えた美咲の口元に、自然と笑みが浮かぶ。

そして食べた感想をその場で少し待ち――。

「んっ、おいしいです！　見た目からプリンっぽいのかと思ってたんですけど、トロッとなめらかな感じなんですね……」

美咲は悠馬の感想にホッと胸をなで下ろすと、「ありがとうございます」と言ってから、カウンターを隔てたキッチンへと戻っていく。

そこへ、パントリーのほうから軽快な足音を立てて少年姿の蒼空が出てきた。

「おっ、楽器屋の兄ちゃん！　よう来たなあ！」

「あ、昨日の……蒼空くん、でしたっけ。購入されたCDはいかがでしたか？」

「おう、なかなかよかったで！　なんや聴いとったら、昔ウチのそばにあった竹林のこと思いだして、胸んとこがあったかくて懐かしぃなったわ！」

「ああ、そういうのいいですね……。僕もいつか、誰かの心を優しく包んで癒やせるような曲を作ってみたいなあ……」

悠馬はそう言ってから、なにかを思いだした様子でわずかに表情を曇らせた。

「そういえば、橘田くんは……」

「あ、悠馬でいいです。漣さんのほうが僕より年上みたいですし。あと、タメ口でお願いします」

「じゃあ、悠馬は……作曲家になるのが夢なのか？　ブログにはいろんなアーティストの曲をキーボードでアレンジして弾いた動画がアップされてたけど……」

「えっ⁉　僕のブログ、ご存じなんですか⁉」

そういえば、まだその話をしていなかったなと、漣がかいつまんで事情を説明する。

「へえ……あの記事を見てこの店に来た方がいたんですか。なんかビックリです」

「うん、俺たちも驚いたんだよな。で、店の宣伝してもらっちゃったお礼を言いたいなって思ってたんだ」

「いえ、そんな……僕のブログはただの自己満足で書いてるだけの日記みたいなものですし、読者もあまりいませんから……」

と、声を沈ませた悠馬の隣に、蒼空が座って話しはじめる。

「なんや兄ちゃん、悩んどることでもあるんか？」

「おっ、蒼空ってば急にどうしたんだ？　人の悩みを聞くなんて……」

神様っぽい、と言いかけた漣は、うっかり蒼空がナスの神様であることをバラしそうになり、笑ってごまかす。

「あ、そうそう、うちのカフェはクリエイターのたまご大歓迎の店なんだけど、アーティストのたまごも大歓迎だよ。なっ、美咲店長！」

「あっ、はい、もちろんです。こんな古くさいカフェですけど、お茶飲みながら愚痴でもなんでも言ってスッキリしていってくださいね！」

漣をフォローするように美咲も続くと、悠馬は驚いたように目を瞬かせてから、ふうっと小さく息を吐いた。

「実は僕、今ちょうどスランプから抜けだせなくなっていて……いざキーボードの前に座ってもまったくなにも浮かばなくなっちゃったんです。自分を見つめ直そうと思って、前に作った自分の曲を聴き返してみても、よさがわからなくて余計落ちこんで……」

そう打ち明けた悠馬に、真面目な表情になった漣が尋ねる。

「ブログに、前は音楽系の学校に行こうとしてたって書いてあったけど……」

「ええ、高二まではピアニストになりたくて音大をめざしていました。でも、高三のとき、通学途中で事故に遭って左手首をケガしてしまって。日常生活は支障ないんですが、これまで当たり前のようにできていた細やかな感覚が戻らなくて。音大受験を諦めたんです」

それから悠馬は、自暴自棄になって大学進学をせず、しばらく引きこもっていたこと、それでもやはり音楽が好きで忘れることができず、去年、実家を出て楽器店でバイトをしはじめたこと、ブログで自作の曲やいろいろなアーティストのアレンジ曲を披露するようになったことなどを語った。

「でも、ブログに動画をアップしていて、ふと気づいてしまったんです。再生回数が増えるのは、有名なアーティストの曲を弾いた動画ばかりで、自作の曲は誰も見向きもしてくれないんだって……そしたらなんだか急にむなしくなってしまって。人の曲の真似ばかりしていたことが恥ずかしくなってきて……」

「たしかに、いつまでも真似ばかりっていうのはダメだな。俺も料理の腕を磨くとき、最初は師匠の真似から入った。でも、ある程度の技術を身につけたあとは　自分なりの工夫とかオリジナリティをどう出していくか考えろって、よく言われてたよ」

「ですよね。でもその考えがなにも浮かばなくて……」

悠馬が深いため息をついたとき、不意に蒼空が小さく笑った。

「つまり、悠馬の兄ちゃんは今、迷子になっとるってことやろ。でもさっき、人を癒やせるような曲が作りたい言うてたやん。せやったら、それが兄ちゃんのめざすべき目的地や。で、目的地がわかっとるなら、あとは道を探せばええだけや」

「道を探す……？」

蒼空の抽象的すぎるたとえに、漣と悠馬、そして美咲は理解が追いつかず眉をひそめ、首を傾げた。

するとと蒼空は、「やれやれ」とつぶやいてから、話を続ける。

「せや。道は一本だけやなくて、ぎょうさんあるで。何度間違えてもええ、いろんな道を試しに歩いてみたらええんや」

蒼空はそう言って立ち上がると、パントリーへ向かって歩きだす。そして思いだしたように、再び口を開いた。

「そういや〜、漣と店に行ったとき、いろんな楽器が置いてあって楽しませてもろたで〜おおきにな！」

そう言って奥へ消えていった蒼空の言葉に、悠馬はハッとなにかに気づいたのか、目を見開く。

「そ、そっか……いろんな道を試す、か……」

悠馬は納得したようにつぶやくと、残っていたアイスティーを一気に飲み干した。

「なんだか蒼空くんって、小さいのに僕よりずっと年上みたいですね……って、もうこんな時間!?　やばっ、休憩時間終わっちゃう！」

そうして慌てて会計を済ませた悠馬は、バイト先の楽器店へ戻っていったのだった。


「目的地、か……」

店から悠馬が出ていったあと、美咲は蒼空の言葉を思いだしてため息をついた。すると、漣がすかさず尋ねる。

「美咲店長も、なにか悩みでもあるの？」

「あ、いえ……私は別に……」

「そう？　ならいいんだけど、もし悩みごととかあったら……俺でよければいつでも相談に乗るから。遠慮なく頼ってくれよな」

「……あ、ありがとうございます」

美咲は漣にそう答えてから、蒼空が消えていった見えない二階のほうへ視線を送る。

「あの、私……ちょっと休憩してきますね」

「うん、いってらっしゃーい」

漣にキッチンを預け、パントリーに入っていった美咲は、神棚の横にかけられたタペストリーをそっとめくる。するとそこには、普段、蒼空と一緒のときしか見えない階段が、まるで美咲の心情を汲んで待っていたかのように、秘密の二階へ続いていた。

美咲は少しだけためらってから足を踏みだすと、ゆっくりと上にのぼっていった。

二階に上がると、そこはいきなり畳敷きの和室になっている。部屋の壁際には大きめの本棚がずらりと並んでいて、ここが書庫なのだとわかる。

そして奥の引き戸を開けると、あきらかに店の二階より遥かに広い空間――まぶしい陽の光と緑にあふれた庭園が広がっていた。

美咲が足を踏み入れた瞬間、新緑と花の香りをほのかに含んだ心地よい風が吹き抜けていった。

「ここは本当に不思議な空間だなぁ……」

現実世界とは明らかに異なり、時間が止まっているかのようにも感じられる。

聞こえるのは、遠くに見える竹林の葉が風に揺れてこすれあうサワサワという音。

景色はとても美しく、どこか懐かしさを覚えるのに、そこに人の気配がないからなのか、美咲には少し寂しく感じられた。

そんな不思議な空間に踏みだすと、美咲はある場所へ向かった。

はじめは道のない、柔らかい芝生の上を歩いていた。

しばらくすると、足もとが敷き詰められた白い玉砂利に変わった。

美咲は、等間隔に置かれたナスの形をした踏み石を一歩ずつ進んでいく。

やがて見えてきたナス形の池の前を右へ曲がると、真正面に朱塗りの少し剥げた鳥居があり、その右脇に『賀茂茄子《かもなす》神社』と書かれた石柱が建っていた。

美咲が一礼してから鳥居をくぐり、両脇が竹林になっている参道を進んだその奥には、今にも崩れそうな御社が建っている。賽銭箱も置いてあるが、その中は思っていたとおり空っぽだった。

美咲は小銭を持ってくればよかったと少し後悔してから諦め、そこで立ち止まって姿勢を正した。それから二礼二拍手一礼すると、目を閉じて心の中で願いごと——条件を達成できたときに蒼空に告げようと思っていること——をつぶやいた。

するとすぐ背後から砂利を踏む音が聞こえ、美咲はバッと勢いよく振り返った。

「なんや、俺様の昼寝の妨害でもしに来たんか？」

境内の隅に置かれた竹の長椅子で昼寝していたらしい蒼空が、眠たそうに片目をこすりながら歩み寄ってくる。

「ううん、そんなつもりはなかったの。起こしちゃったのならごめんね」

「いや……それより、今、お前が願ったことは……」

美咲はその言葉にビクリと肩を震わせ、いつになく真剣な表情で見つめてくる蒼空から目を逸らす。

秘密に、気づかれたかもしれない。

「あっ、わ、私もう店に戻るね！　昼寝の邪魔しちゃってごめんね！」

美咲は謝ってから慌てて駆けだすと、来た道を戻っていった。

境内にひとり残された蒼空は一瞬表情を曇らせたが、風にそよぐ竹林のざわめきを聞きながらやがて目を閉じる。

「俺様は、すべてお見通しなんやで……」


六月二十日。水曜日、朝六時――。

モーニング営業前のキッチンでは漣と美咲が互いに作った試作メニューを味見しあい、首をひねっていた。

「うーん、おいしいんだけど、看板メニューにするには、ちょっとインパクトが足りない気がするというか……」

「ええ、こっちも、日替わりランチのひとつとしてなら、いいと思うんですけど……」

漣と美咲、ふたりがそう評したのは、素揚げしたナスや野菜を載せたスープカレーと、醤油ベースの甘辛ダレにつけて焼いた蒲焼き風のナス丼だ。

「そうだなあ……カレーのほうは野菜の切り方をオシャレに見えるよう工夫して、もっと写真映えしそうな感じにする？」

「蒲焼き丼のほうは、うな重みたいな器に盛ったらおもしろいでしょうか？」

「でもなんか、ちがうよなあ……？」

「ええ、ちがう気がしますね」

そこへ、匂いをかぎつけた蒼空がキッチンへ現れた。

「なんや、看板メニューまだ決まらんのか？　えらい難航しとるみたいやな？」

「そうなんだよ、なんかどれもピンとこなくてさ……」

漣がそう言う横から、ササッと手を伸ばして味見した蒼空も、「うーん」とうなる。

「これはこれで、どちらもうまいと思うんやけど……」

「でしょう？　でも、看板になるかっていうと……ね？」

そこで美咲はふと、プロの料理人としての漣に尋ねる。

「あの、漣さんがいろいろ知ってる、ナスの種類ごとに合った調理法っていうのは、やっぱり修行中に誰かに教わったんですか？」

なにかヒントになるようなことはないかと考えての質問だったが、それに答えたのは、蒼空だった。

「そんなん簡単やろ！　ナスの声を聞いたらええねん！　よく丸いヤツらなんか『熱い油の中に入れて欲しいねん！』とか言うてるやろ」

「って、ナスの声なんて、神様じゃないんだから、わかんないわよ……」

しかし諦めたように笑った美咲に対し、漣は蒼空の意見に同意した。

「誰かに教わったわけじゃないけど、俺もなんとなくわかるかも」

「……え？」

「ナスを触るとさ、どれくらい水分を含んでるか、柔らかさからなんとなくわかるだろ。そしたら、クッションが利いてるやつは、『素焼きにすればふわっとしてうまいんだぜ』とか、言ってる気がしなくもないな……って、笑うなよ、美咲店長」

美咲は料理人として真面目に話している漣のことを笑ってはいけない、と思い、必死に笑いを堪《こら》えていた。

「だ、だって……ふふっ」

「だからさー、こういうのは長年の積み重ねと勘なんだって、さっき言おうとしたんだ。それを蒼空が変なこと言うからつられて……あーもぅ！」

とそこで、蒼空が「長年？」とつぶやき、なにかを思いついた様子でポンと手を打った。

「せや！　二階の書庫にナスの調理法が載った本があるで！　困ったときは先人の知恵、借りてみたらどうや？」

蒼空からの提案に、ずっと二階へ行ってみたいと言っていた漣の目が輝く。

「それだ！　伝統的な調理法とか書いてあるなら参考になるかも！」

「ですね、見に行ってみましょう！」

そうして蒼空と美咲は、漣を連れて三人で一緒に二階の書庫へやってきた。

「おおっ、本当にこんな空間があったんだ……すげぇ！」

階段を上がる途中から興奮気味だった漣は、書庫に入ると興味深そうにキョロキョロとあちこちを見回し、そして並んでいる本棚から料理本を探そうとして固まった。

「げっ……なにこのにょろにょろした字……俺こういうのダメ～」

いろいろなことに詳しい漣が、見た瞬間に両手を上げて降参するような素振りを見せたので、美咲は驚いた。

「なんか意外です……漣さんにも苦手なことってあるんですね」

「え、当たり前じゃん！　俺、自慢じゃないけど、古典は赤点しか取ったことない！」

なぜか胸を張ってそう言った漣に、美咲は思わずクスッと笑みをもらした。

「っていうか、これ、現代人で普通に読める人っているの？」

「私は読めますけど……」

「俺様も普通に読めるで？」

「うそっ!?　なんで!?　ホントに!?　っていうか、蒼空が読めるのはまだ理解できるけど、美咲店長すごくない？」

尊敬のまなざしを向けられた美咲は、急に恥ずかしくなって顔を背けると、パッと目についた一冊を手に取った。本というより冊子に近い薄いものだったが、保存状態はとてもよく、不思議と塵ひとつ付いていない。

ページを優しくめくった美咲は、流し読みしていく。

「え、えっと……私が読めるのは、書道を習っていたことがあるからで……そのときに昔のいろんな書体を読んだり、書いたりしていたからなんです」

「ああっ、なるほど！　んじゃ、たとえばその本にはどんなことが書いてあるの？」

「ええとこれは……あ、ちょうど料理についての記述がありますね。卵を使ったお菓子の作り方……かな。へえ、おもしろい……」

美咲がここへ来た目的を忘れて読みはじめようとしていると、蒼空が棚の端から一冊の本を抜いて持ってきた。

「ナスの調理法なら、これに書いてあるで」

「おおっ、じゃあそれ、美咲店長、読んでみて！」

「はい、ちょっと待ってくださいね……ええと……」

そうして美咲がいくつか作れそうなナスレシピを選んでメモを取ると、一階のキッチンへ戻ってさっそく漣に試作してもらった。

「まずは、ナスのごま和え……だな」

「これは、古くから全国的に食べられていたメニューだったみたいですよ。ポイントは、ナスを蒸すことみたいですね」

現代では、電子レンジでチンすればあっという間に加熱できるが、昔はゆでたり蒸したりするしかなかった。きちんと蒸したほうが、身がねっとりとして、甘みが増すらしい。

さっそく味見したふたりは、

「たしかにトロッとしてて、うまみが凝縮されてる気がするな」

「ですね。でもこれはやっぱり副菜って感じかな……」

看板というくらいだから、メインディッシュとなるようなメニューにしたい。そう考えていたふたりは、残念に思いながら、次の料理の評価へ移る。

「で、こっちが丸ナスの揚げ田楽な」

「はい。昔は油がとても貴重だったので、油をたくさん使う揚げ物料理はごちそうだったのだとか……」

美咲はそう説明しながら、書かれていたレシピどおりに漣が作ってくれた揚げナス田楽を口に運び、そして目を見開いた。

「これ……すっごくおいしい！」

揚げたての丸ナスの身はほどよく油を吸っていて柔らかく、噛むとすぐにホロッと溶け、甘めの味噌とよくからまり合って、飲みこんでしまうのがもったいない気分になった。

「……うわ、これ最高！　シンプルなのに、こんなにうまいなんてビックリだ！」

そうして昔ながらの調理法を試して驚いているふたりを前に、蒼空はどこか誇らしげな表情を浮かべている。

「どうや、ナスはナスだけでも十分うまいやろ？　ほかの食材と無理に合わせんで、単体でもちゃんと味わって楽しんでもらえると思わへん？　ナスの店の看板メニュー言うたら、堂々とナスだけ使《つこ》たメニューにしたらええんや！」

　その言葉に漣は納得したように大きく頷き、美咲はハッとした。

「うん、そうだな。看板メニューはナスだけで勝負してみるか！　な、美咲店長！」

「ナスはナスだけで……はい、そうしましょう！」

　こうして、ようやく看板メニューとして『秘伝の味・丸ナスの揚げ田楽』を掲げることに決まったのだった――。


　六月二十四日。日曜日、閉店後の午後六時半過ぎ――。

「じゃあ、今日は俺ちょっと用事あって急ぐから……お先に！」

「はい、お疲れさまでした！」

　手早く仕込みを終えた漣が先に帰っていき、美咲がカウンター席に座って帳簿をつけているときだった。

「こんばんはーっと」

チリーンとナス形ドアベルの音が店内に涼やかに響き、ドアが開いた。

「あ、すみません、今日はもう閉店なんですけど……」

そう言って振り返ると、ワインレッドのシャツとデニムに身を包んだ、スタイル抜群の女性——美咲の親友であり、五歳年上の姉のような存在の、潮がいた。

「潮ねぇ！　やだ、いつ日本に帰ってきたのっ？」

「今日の夕方の便よ。って、この前ちゃんとメールに書いておいたじゃないのー」

「えっ、あ……そっか、今日だったっけ……」

カウンターに置いている卓上カレンダーの今日のところに、潮が帰ってくる日、として小さく星マークを付けておいたのをようやく思いだし、ごめん、と苦笑する。

このところメニュー開発に夢中になっていたので、すっかり忘れてしまっていたのだ。

「最近、忙しかったから……」

大切な人の帰りを忘れていた申し訳なさを感じ、立ち上がって謝りながら潮に駆け寄ると、その手にポンと茶色い紙袋が乗せられた。

「はい、おみやげ！」

「わあ、なんだろう？　見ていい？」

素直に喜んで受け取った美咲に、潮は「もちろんよ」と微笑む。

さっそく袋を開けてみると、琥珀色の液体の詰まったかわいらしいデザインのボトルが二本。カナダ土産の定番であるメイプルシロップが入っていた。

「ねえ、今度、休みが取れたらここ来るからさ、ホットケーキ作ってくれない？　一緒に食べようよ！」

焼き立てフワフワの生地に、トロッとメイプルシロップをかける。

パクッと頬張れば、バターの香りと上品な甘さが口いっぱいに広がっていき、たちまち人を幸せな気分にしてくれる——そんな魅惑の食べ物を思い浮かべ、美咲はうっとりとしながら頷く。

「もっちろん！　とびきりおいしいの作るから、期待してて！」

そう答え、キッチンに入っていった美咲は、潮と自分のふたり分の紅茶を用意する。

「ホットのミルクティーでいい？」

美咲は親友の一番好きな飲み方を再確認するように尋ねながら、ミルクティーに適した茶葉の缶に手を伸ばす。

「うん、ありがとう！　向こうでも紅茶は飲んでたんだけどさ、やっぱりあなたの淹れる紅茶が一番おいしいと思うわー」

「そんな風に言われると、なんか照れるんだけど……」

「だって、本当のことだし～」

明るく笑った潮《うしお》は、高校卒業後から勤めていた印刷会社を退社後、五年ほど前からプロカメラマン・ＵＳＨＩＯとして活動している。

去年、大手フィルムメーカーが主催した写真コンテストの風景部門で最優秀賞を獲得し、はじめて出版した風景写真集も注目を集め、どんどん活躍の場を広げていっている。そんな彼女は、先月上旬から、次の写真集のための撮影旅行で、日本から遥か海の彼方、プリンスエドワード島に行っていたのだ。

プリンスエドワード島といえば、有名な小説の舞台としても知られる、自然豊かで美しい島だ。美咲もいつか行ってみたいと思っている場所のひとつだった。

「はい、お待たせ。で……どう、いい写真はいっぱい撮れた？」

カウンターに座った潮の前にティーカップを置きながら尋ねると、潮は「よくぞ聞いてくれました」とばかりにニヤリと笑った。

「ふっふっふ、撮りたてホヤホヤの写真、見てくれる？」

「もちろん、見る見る！」

潮はいつも持ち歩いているノートパソコンを愛用のリュックから取りだすと、ディスプレイの電源を入れ、手早く操作する。そして隣の席に美咲を手招いて座らせると、写真を一枚ずつプレビューしはじめた。

「うわぁ……綺麗……！」

次から次へと画面に映しだされていく美しい写真に、ディスプレイをのぞきこんでいた美咲の口から自然と感嘆のため息がこぼれる。

「あ……このお花畑、かわいい！　私、こういう色合いの写真、好きだなー」

抜けるような青空の下、紫やピンク、黄色の、藤の花を逆さまにしたような形の花が、一面に咲き誇っている写真にしばし見とれる。

「これはルピナスの花よ。日本では、立ち藤とも呼ばれてるわね。ちょうど見頃だったから、辺り一面鮮やかな絨毯を敷いたみたくなってたわよ」

「へぇ、いいなあ。実際に自分の目で見てみたい！　……ルピナスっていうと、そっか。どこかで聞いたことあると思ったら、ウチが仕入れてる紅茶の専門店と同じ名前だわ！花の名前だったんだ……」

ほら、と言って棚に並んでいる紅茶の缶を指差すと、そこにはたしかにルピナスの形らしきシルエットのロゴが描かれている。

「あら、本当ね。この写真が気に入ったなら、大判でプリントしてあげるわよ」

「わ、いいの!?　じゃあ、額に入れて店内に飾っちゃおうかなー」

ほかに見せてもらったのは、陽を浴びて輝く木々の新緑や、樹の上で木の実をかじっている野生のリス、野兎などの小動物たち、白い灯台や教会といったかわいらしい建築物、雄大な朝焼けの空、青い空に筆でサッと描いたような白い雲など、どれも島の魅力があふれる写真ばかりだった。

「あ、ポストカードにして、店内で販売とかしちゃう？」

「ふふっ、それもいいわね。にしても、ポストカードなんて懐かしい……」

「うん……」

ふたりが出会ったのは、五年前。

潮が駆けだしのカメラマンだった頃で、さまざまな分野のクリエイターやアーティストが出店する『クリエイションフェスタ』の会場だった。

潮は当時、自分で撮った風景写真や、おいしそうな食べ物の写真をポストカードにして販売していた。一方、来場者として会場を訪れた美咲は、潮の撮った写真に一目惚れし、そのときブースに並んでいたポストカードを大人買いしたのだ。

それからも似たようなイベント会場で顔を合わせる機会があり、連絡先を交換しあってからは、イベント以外でもお茶や食事をするような仲になった。

そして今や、本当の姉妹のような関係だ。

「……で、あなたのほうはこの一か月半、どうだった？　本当は私もオープン直後くらいはホールとかいろいろ手伝いたかったんだけど、ごめんね」

「全然大丈夫だよ。というか、潮ねぇも忙しいのに、物件探しとかナスグッズ探しとかたくさん付き合ってくれたじゃない……あのときはすごく助かったんだから！」

「いいのよ、あれは私もすっごく楽しかったから」

カフェ開店から二か月――長いようであっという間だった気がすると微笑んだ美咲は、潮に正直に話しはじめる。

「最初はひとりで全然うまく回せなくてテンパってばかりで、やっぱりカフェ経営なんて無謀だったのかもって思ったんだけど、なんだかんだ、庄じぃも蒼空も、それに漣さんも助けてくれて、おかげでなんとかなってるよ」

物件の契約をしたときに『茄子神様』という不思議な存在に出会ったことについて、はじめは黙っているつもりだったが、察しのいい潮に追及され、すぐに打ち明けた。

潮はまだ蒼空に会ったことはなかったが、美咲の話したことを信じてくれただけでなく、そのうち会ってみたいと言い、どこかおもしろがっているようだった。

そして漣のことを電話で話したときは、なぜか驚いた様子だったのだが——。

「そうそう、その漣くんの話、詳しく聞きたかったのよね！　まさかアイツが……」

「え？」

潮がぼそりとつぶやいた後半の言葉が聞き取れず、美咲は首を傾げた。

しかし、潮はなにかをごまかすように、美咲の頭をくしゃくしゃと撫でながら微笑む。

「ううん、こっちの話。で、どうなの？　その漣くんとはうまくやってるの？」

「うまく……やれてるのかな？　いろいろアドバイスもらったり、フォローしてもらったり、なんだか頼ってばかりで呆れられてるんじゃないか、って思ってるんだけど……」

料理の腕がいいだけでなく、知識も豊富で、手際もよくて見習うべきところがたくさんあることや、経営についてもよく話しあっていること、接客中に美咲が困っているとすぐに助けてくれることなど、美咲はこの一か月半の間に感じたことを思いつくまま語り、潮はそれを最後まで聞いてくれた。

「よかったじゃない！　そういう心強いパートナーができたのは、いいことだと思うよ」

「パートナーか……」

潮の言葉を反復した美咲は、なんだかくすぐったい気分になったものの、すぐに後ろめたさを覚え、そっとため息をついた。

すると、潮は複雑な表情を浮かべ、美咲の肩をポンと優しく叩いた。

「ま、あなたが今考えたことはわかるわよ。一緒にこの場所に立っていたかったのは、隣にいてほしかったのは、漣くんじゃない……とかでしょ？」

そう言われた瞬間、美咲は弾かれたように顔を上げ、それからまたすぐに、力なくうつむいた。

「なんだか最近、自分がどうしたかったのか、わからなくなってきちゃった……」

蒼空が悠馬のことを「迷子」と言っていたが、それを聞いたとき、美咲は自分のことを言われたような気がした。そして、漣が言っていた「いつまでも真似ばかりはダメだ」という言葉は、美咲の心にナスのヘタにある小さなトゲのように刺さった。

「誰かの真似をしたところで、そう簡単に変われるもんじゃないんだな、って、ひしひしと感じてる。結局、私は人に頼って甘えているだけのくせに、自分ひとりでできているような錯覚に陥って、調子に乗ってる……そんなヤツ、最低だよ」

「……それ以上、自分を傷つけるようなこと言ったら、私怒るわよ」

潮の怒りを含んだ声が、ふたりしかいない静かな店内に響く。

美咲は、潮が自分のことを想って怒ってくれているのだとわかっていたが、それでも、自分を責めることを止められなかった。

「だって、本当のことじゃない。今日だって私、ちょっと混んできただけでお皿割ったり、オーダー間違えたりして彼に迷惑かけたし、本当はこの店をもっとよくするために、いろいろ企画とか考えなきゃいけないのに目の前のことだけでいっぱいいっぱいで……こんなんじゃ店長失格だよ」

「そんなことない！　あなたはイイトコいっぱい持ってるし、十分頑張ってる。親友の私がそれは断言する。私の言うことでも信用できない？」

「……ごめん」

信用できないのは、潮のことではなく、自分なのだ。

変わりたいのに変われない、真似ばかりもダメ、ではどうしたらいいのか。

逃げだしたい、でもここですべてを放りだすことも、自分が許せない。

そんなことをしたら、彼女と一緒にずっと夢に見ていたこの空間はどうなる？

いつか彼女が戻ってきたときの居場所は、なんとしてでも守らなければいけない――。

美咲はぎゅっと手に力を込めて握り締めると、立ち上がった。

「あ、そうだ、潮ねぇ、夕飯まだだよね？　パパッと作れそうなものがないか、ちょっと向こうで食材探してくるよ」

そうして何事もなかったかのように作り笑顔を浮かべて立ち上がった美咲は、潮から逃げるようにパントリーへと駆けこんだ。

すると、入れ替わるようにしてひとりの少年が姿を現した。

その人物が誰なのか、うっすらと勘づいた潮は、不敵な笑みを浮かべる。

「……キミが噂の茄子神様——蒼空くんね？」

「お、なんや、俺様のこと知っとったか！　せっかく脅かそう思たのになぁ……」

ゆっくりと顔を向けた潮に、蒼空は少し悔しそうな表情で、小さなその肩をすくめた。

神様にしてはやたらと人間くさく見える仕草に、潮は親近感を覚え、静かに頭を下げる。

「ありがとう、茄子神様」

予想外の展開に、蒼空はめずらしく驚いた様子で首を傾げた。

「なんやねん、突然？　俺様、初対面のねーちゃんに感謝されるようなこと、まだなにもしてへんで？」

「ううん、あの子からいろいろ聞いてたわ。私がいなかったこの一か月半……いや、三月のあの日からだと、三か月以上になるのかな……キミがここにいてくれて本当によかったと思ってるの。私は忙しくて、あの子のそばにいてあげることも、支えることもできないから……だから、これからもあの子のこと、よろしくね」

「おうおう、なんや、そういうことかい！　そんなら、俺様にどどーんと任せときや！」

「あら、頼もしいお言葉。さすが小さくても立派な神様ね」

普段、美咲たちから神様として扱われることがない蒼空は、潮の言葉に目を輝かせる。

「ねーちゃん、めっちゃええヤツやなぁ。名前はなんていうんや？」

「汐《しお》よ、那須汐。でも、あの子の前では『潮』でとおってるから、そこんとこよろしく」

別に、悪気があって名前を偽っているわけではない。単に、カメラマンとしての名前が潮で、本名が汐というだけのことだ。そして最近になり、改めて、本名を名乗りづらくなった出来事があった。

美咲に聞こえないよう、小声になった自己紹介に、蒼空はニヤリと笑う。

「ほほぅ……なるほど。秘密っていうんは楽しいもんやな」

「でしょう？」

「潮のねーちゃんとは、なかなか楽しい関係を築けそうやわ。ま、よろしく頼むで！」

「こちらこそ！」

四章
なつまつり、なすまつり

Delicious recipes of Egg planet cafe

七月二日。月曜日、朝七時——。

裏庭のナスがたくさんのつぼみを付けはじめた頃。

どんよりとした梅雨空の下、エッグ・プラネット・カフェのモーニング営業中にやってきた彩瀬商店会の面々の表情は曇り、沈んでいた。

「……で、どうする？　使える予算は、半分くらいしかないいんだよ。去年と比べたら」

「いっそ、中止に？　それか、二年に一度の開催にしちまうとか……」

「いやいや、毎年、商店街の夏祭りを楽しみにしてる子どもたちは意外と多いからなあ、小規模になったとしても、やってやろうや」

「やるって言ったって、半分の予算でなにができるかね？」

「店舗の前に長テーブル出して、定番のカキ氷と焼きそばとフランクフルトを売るだろ、あとは金魚すくいに射的にくじ引き……それからなんだ？　とにかく、細々とでもやればいいんじゃないかね？」

さまざまな意見を交わしているのは、毎年八月——今年は八月十七日から十八日、旧暦の七夕に合わせて開催する商店街の夏祭りのことについてだ。

去年は開催した二日間とも午後から雨が降るという不運に見舞われた。開催はしたものの、雨では家族連れや観光客は少なく、売り上げも激減。

その結果、今年使える予算も半減ということだった。

「なにか、あまりお金をかけずに盛り上がるような方法ってのは、ないもんかねえ？」

「そんな都合のいい話なんて、あるわけないんじゃないか？」

「じゃあ、どうするよ？　もうあまり時間もないから、急いで決めないと！」

議論が何周もして行き詰まった、そのとき。

様子を見ていた蒼空がキッチンの奥から元気に駆けだしてきて、店内に漂っていた重苦しい雰囲気を吹き飛ばした。

「なんや、みんな困っとるんなら、俺様がいいことを教えたるで！」

ここ一週間ほどでまた少し背が伸びたように見える蒼空は、自信たっぷりにそう言った。

「あらあら蒼空くん、いい案があるのなら、ぜひ教えてちょうだい！」

「こういうのって、子どものほうが案外いい意見を出してくれたりするんだよねえ……」

「蒼空くんだけに、そらぁ〜いいアイデア持ってきてくれたんじゃない？」

蒼空は表向き、美咲の親戚の子どもということになっている。そしてそのかわいらしい容姿と軽妙なしゃべり方で、商店会のおばさまたちにすっかり気に入られていた。

たまに漣と一緒に商店街の中を散歩しにいくと、いろんなものをおまけしてもらったり、奢ってもらったりしているようだった。

「ふっふっふ、今年は、雨は多いけど晴れるときはカラッと晴れとる……つまり、天候に恵まれとるから、なんとナスが大豊作になるんや！」

堂々と胸を張る蒼空に対し、一同は「それがどう夏祭りに繋がるのか」を理解できず、困惑気味に顔を見合わせた。

「そ、蒼空くん、ナスが豊作になるのと夏祭りとで、いったいどんな関係があるのかしら？　詳しく説明してもらえる？」

　ストレートに疑問をぶつけたのは、蒼空と一番親しくしている『やおはち』のおばちゃんだ。

「なんや、そんな簡単なこともわからんのか。豊作になるってことはつまり、ナスが安く手に入るようになるってことや！」

　そこまで聞いた彩瀬商店会メンバーたちはみんな、ハッとして目を見開いた。

「そうか、食材費が節約できるというわけか！」

「しかし本当に豊作になるのかい？　いざ八月になってみたら不作でした……となったらどうするんだい？　後戻りはできないぞ？」

「それは、たしかに……」

　電器屋の主人が心配そうに言い、議論が白紙に戻りかけたとき、カフェの裏庭の菜園を管理している庄一が、タイミングよく手入れを終えて戻ってきた。

「ほな、園芸に詳しい庄一殿、みんなに今年のナスの出来具合を教えたってやー」

　突然話を振られた庄一だったが、議論されている内容を簡単に説明されると、なるほどと頷き、そしてニヤリと笑った。

「大丈夫、三十年に一度の大豊作じゃよ」

　蒼空同様、自信たっぷりに話しだす。

「今はちょうどナスの花が咲きはじめる時季なんじゃが、この店で育てているナスもすでにたくさんのつぼみをつけておる。『ナスの花は千にひとつも無駄がない』ということわざもあるくらいでな、花が咲けば必ず実を結ぶと言われておるからのぅ……今年は、かなり期待できるんじゃないかね〜」

この場にいる中で最高齢でもある庄一の説得力のある言葉に、一同は顔を見合わせると、互いの意見を確認するように視線を交わしてから頷きはじめる。

「庄一さんがそう言うなら……」

「じゃあその……ナスが豊作になる、っていう話はとりあえず信じてみるとして、いくら安くなるからって、祭りでナスをどう使うっていうのさ？」

再び電器屋の主人から出された質問に答えたのは、キッチンでランチの仕込みをしながらこれまでの話にずっと耳を傾けていた漣と美咲だ。

「屋台で出す食べ物それぞれに、ナスを使うっていうのはどうっすかね？」

「ナス入りタコ焼きにナスのお好み焼き……ほかにもナスを使った祭りメニューのレシピの考案なら、ウチに任せてください！」

ふたりの意見に、一同は「おおっ！」と目を輝かせる。

「つまり……ナスを使った夏祭りだけに『ナス祭り』にしてしまおうってわけね！」

クールなダジャレを言うのが好きな『やおはち』のおばちゃんが楽しそうに言い、ほかの店の主人たちも「そういうことなら」とおもしろがって次々に意見を出しはじめる。

「金魚すくいじゃなくて、ナスすくいにするとかどうかな？　まあ、ウチは魚屋だから、ナスの仕入れは、『やおはち』さんのとこに頼むことになるだろうけど……」

「じゃあ、ウチのパン屋は、祭りの二日間限定で、ナスを使った惣菜パンとか、ナスの形をしたパンを数種類用意して販売してみようかな。そういうの、ウチの奥さんが喜んで考えてくれそうだよ」

「あっ、そういう話でしたら、ウチの花屋は『花なすび』とか『悪なすび』の花を仕入れて販売してみようかしら？」

「んじゃ、ウチも当日はナス柄の和雑貨を店頭に並べてみるかね」

と、魚屋にパン屋、花屋に呉服店の主人が続く。

そうして蒼空の「今年はナスが豊作になる」という予言めいた言葉から、話はどんどん広がっていき、気づけば店内は「ナスをどう祭りに絡めるか」のネタ出しで大盛り上がりになっていた。

「それじゃあ各店、次の集まりまでに、なにをするのかを決めてくるように！　ほかに節約アイデアも浮かべばどんどん提案してくれ！」

最後に、彩瀬商店会で会長を務めている『肉のもぐもぐ』のおやっさんがそう締めると、みんなバラバラと自分の店に帰っていったのだった——。

モーニング営業を終えてガランとなった店内で、漣と美咲は、蒼空とともにナス祭りについての話しあいを続けていた。

漣と美咲はキッチンで仕込み作業をしながら、蒼空はいつものカウンター席に座って梅ウォーターを飲みながら、思いついた案をどんどん出しあっていく。

「せっかくお祭りなんだから、ウチのカフェも普段は店では出していない特別なメニューとか出したいよな」

「やっぱり、食べ歩きしやすいようなものがいいですかね？」

「じゃあ、ナスのフリットとかどうよ？　フライドポテトみたいに細切りにしたナスに衣を付けて揚げて、紙コップとか持ちやすい容器に入れて販売すんの。そしたら、歩きながらでも食べやすいんじゃないかな？」

「おっ、それはうまそうやな！」

「ナスのフリット……」

漣の提案に蒼空は目を輝かせ、美咲はふとあることを思いだして小さく笑った。

「え、なに？　俺、なんかおもしろいこと言った？」

「いえ、私、ナスのフリットにはちょっと思い出があって……」

「え、なにそれ、聞いてみたい！」

漣が思いのほか勢いよく食いついてきて美咲は少し驚いたが、とくに隠すようなことでもなかったので話しはじめる。

「私、小さい頃からナスが好きだったんですけど、中高生のときに、ナスが嫌いになった時期があったんです」

嫌いになった原因は、中学生のとき、「いつかナスビジネスで成功する！」などと、ナス好きを過剰にアピールした結果、卒業式の日、告白した初恋相手に「俺、ナスは嫌いだから、付き合えない」と断られたからだった。

「そりゃまた、めずらしい振られ方だね……」

と漣に苦笑いされたが、とうに吹っ切ている美咲はさらっと流して話を続ける。

「でも、短大生になって料理サークルに入ったとき、歓迎会で連れて行ってもらったお店でなにげなく食べたナスのフリットがすごくおいしくて……ああ、自分はやっぱりナスが好きなんだな、って再認識したんです」

「へえ、美咲店長にそう思わせたナスフリットってすごいな。そんなにうまいなら、俺も一度食べてみたいよ」

漣がそこに関心を示したことに、美咲は「料理人らしいなぁ」と感じた。

「今もまだその店があるかどうかわからないですし、もしかしたら記憶が美化されているかもしれないですけどね……」

ひとつ言えることは、あの日あの店でナスのフリットを食べていなかったら、こうしてナスのカフェを経営することもなかっただろうということだ。

「ほな、今度は漣の番や！　なんやナスにまつわるおもろいエピソードとか、ないん？　祭りのネタに使えそうな話とか、どんどん出しや」

　それまで静かに聞いていた蒼空からの突然の無茶ぶりに、漣は苦笑いを浮かべ、困った様子で頬をかく。

「うーん、ないことはないけど、絶対おもしろくないからなあ……」

「おもしろいかどうかは俺様が決める！　ほれ、話してみ？　俺様、ナスに関する話を聞くだけでも、神力をチャージできるからな、ぜひ頼むわ！」

　そこまで言われては、漣も断れず、渋々と話しはじめる。

「えー、ほら、俺の苗字って、那須じゃん？　それで、小学生の頃はよくボケナスとかオタンコナスとか言われて、からかわれてさ……」

　それを聞いた瞬間、美咲はとっさに「私も！」と声に出していた。

　漣はすぐに不思議そうに首を傾げる。

「えっ、なんで美咲店長が？　ナスとなにか関係ある名前だっけ？」

「あ、その……そう、私の……妹の名前が『夏実《なつみ》』っていうんですけど、それで、『なつみ』と『なすび』って響きが似ているので、小学生のとき、よく姉妹でからかわれていたんです！」

「ん？　でも振られたのがきっかけで嫌いになるまでは、ナスが好きだったんだよね？　からかわれていたときは嫌いにならなかったの？」

　漣の指摘に、美咲はふとあることを思いついて、蒼空の肩をポンと叩く。

「そうだ、蒼空、ちょっとナスの姿に戻ることってできる？」

「それはかまわんけど……なんや？」

蒼空は怪訝そうにしながらも、その場ですぐにポンッと音を立てて、手のひらサイズの丸っこいナス姿に変身した。

「そうそう、ちょうどこんな感じ！　えっと、私と妹が『なすび』ってからかわれていることを知った母がある日、ナスの形をしたぬいぐるみを作ってくれたんです」

美咲はそう言いながら、ナス姿になった蒼空を手のひらに乗せ、頭をナデナデした。

「わあ、なんや美咲、くすぐったいでっ！」

なでられた蒼空は、そう言って丸っこい身をよじらせながら、しかしどこか嬉しそうに叫んだ。

「ふふっ……で、そのぬいぐるみがすごくかわいかったので、姉妹ですっかり気に入ってしまって。それからは、からかわれても気にしなくなったどころか、ふたりしてナスのことが大好きになってしまったというわけなんです」

「ああ、俺様、思いだしたで！　それで美咲は最初、俺様のことをぬいぐるみやて勘違いしよったんやな！」

「へえ……そんなにそのぬいぐるみと蒼空が似てるんだ？」

「ええ、ぬいぐるみに付けていた名前もまったく同じ〝ソラ〟だったので、蒼空に名乗られたときはすごい偶然もあるんだなって驚いたんですよね……」

美咲ははじめてこの場所に来て、茄子神様に出会ったときのことを思いだして感慨深げに語った。すると蒼空はピョンと手のひらの上でジャンプし、再びポンッという音を立てて少年姿へ戻り――照れくさそうにその場でもじもじした。

「そっ、そりゃあ偶然やなくて……美咲と俺様は昔から運命の赤い糸で結ばれとった……っていうことや！」

「はいはい、そこのナンパな茄子神様は置いとくとして……美咲店長、それめっちゃイイ話じゃん！　俺なんてナスナス言われてたせいで、子どもの頃はずっとナスが大嫌いだったよ」

そう言って笑った漣に、今度は美咲が疑問に思ったことを尋ねる。

「あれ？　でも漣さん、今はナス嫌いじゃないんですよね？」

「うん、嫌いじゃないよ。でも、美咲店長みたく、ナスが平気になったきっかけみたいなにか特別なことがあったわけじゃないんだ。大人になって、気づいたら普通に食べられるようになっていて、今に至る……みたいな？」

そうして、夏祭りの話から脱線して子どもの頃の話で盛り上がっていたところへ、備品の買い物に出ていた庄一が戻ってきて、一同は現実に引き戻された。

「さて、今日も忙しくなりそうだけど、頑張ろう！」

美咲よりも店長らしく漣がそう言い、美咲と蒼空と庄一が頷く。

そしてほどなくして、店内の壁にかかっている茄子時計が「ナッスー」と鳴き、ランチ営業開始の時間を告げたのだった。

ランチタイムは以前よりもかなり来客数が増え、とくに土日は美咲ひとりではホールの手が足りなくなり、毎週のように庄一に手伝いに来てもらっていた。

「漣くん、日替わりの洋風ナスランチセットをふたつと、アイスナスラテとアイスティーストレートをひとつずつお願いしますよ！」

「はーい、承りまーす！」

「みーちゃん、テイクアウトのナス味噌おにぎりはまだあるかい？」

「はいっ、あと残り二個でーす！」

昔、有名ホテルで総支配人を務めていたことのある庄一は、仕事モードに切り替わると、普段ののんびりとした雰囲気から一転し、鮮やかな客さばきと、その場を仕切る能力とを全開させ、きびきびと動き回っていた。

「庄一さん、マジかっこいいわー。なんつーの？　ギャップ萌え？」

というのは、漣がはじめて働く庄一の姿を見たときの感想で、美咲は我が祖父ながら、誇らしく、そして少し照れくさく感じたのだった。

そうして多くの客を混乱なくスムーズに案内できるようになり、以前と比べて明らかに増えたのが、小さな子どもを連れたお客さんだ。

キッズメニューを作っただけではなく、店の窓ガラスに「お子様連れ歓迎」という紙を貼り、ベビーカーを置けるスペースや子ども用のイスを用意したことが口コミで広がったようだった。

それに加え、店内で赤ちゃんや子どもがぐずったときの店員の対応がよいと、ママさんたちの間では密かに話題になっていた。

「お客さま、よろしければお食事される少しの間、お子様を見ていますので……」

と、そのとき手が空いている店員がすぐに席まで行き、フォローするようにしたのだ。

そうすることで子ども連れのお客さんだけでなく、周りのお客さんも落ち着いてお茶や食事を楽しめるようになるので、一石二鳥だった。

漣は持ち前の器用さで小さな赤ちゃんから幼児まで上手にあやし、庄一も孫たちの世話をよくしていた経験から面倒を見るのはお手のもの、そして蒼空は子どもたちからよく好かれ、一緒に本を読んだり静かに遊んだりといった感じで、美咲もそんな三人から教わり、少しずつ子どもとの接し方のコツをつかんできていた。

そうして、多いときには店の外で並んで待つお客さんが出るほどのにぎわいを見せるようになったランチタイムが、終わりに近づいた頃――。

空席の増えた店内にチリリンとドアベルの音が響き、悠馬が入ってきた。

「いらっしゃいませ！　お好きな席へどうぞ」

美咲の案内に、悠馬は店内をサッと見回すと、以前よく座っていた窓際の席ではなく、カウンター席に腰かけた。

悠馬は少し前にスランプ中だと打ち明けたときの暗い表情とは打って変わって、どこかスッキリとした明るい表情を浮かべている。

「そういえば、ウチの店長から聞いたんですけど、今年の商店街の夏祭りはナスをメインにしたお祭りにするそうですね？」

本日のおすすめスイーツである『ナスとチーズのパウンドケーキ』と『ナイスココア』を注文した悠馬は、漣と美咲に話しかけてきた。

「おっ、もうその話、聞いたんだ。悠馬もなにかいい意見があったら……」

「ええ、それ店長からも言われまして……で、ひとつおもしろそうなことを思いついたんですよね」

そう言って悠馬はスマホを取りだすと、ある画面を開いて漣と美咲のほうへ見えるように向けた。

「なになに？　テルミンの作り方？」

「はい、このテルミンっていうのは、正式には『テルミンヴォクス』という名前でして、ロシア人のテルミンさんって方が発明した、世界初の電子楽器なんだそうです」

楽しそうに語りだした悠馬に、漣と美咲は夏祭りとの関連性を見いだせず、首を傾げる。

「で、そのテルミンがどうしたんだ？」

「実はこの楽器、割と簡単に自作することができるみたいなんですけど、外側の箱の形状は好きなものでいいらしくて……だったら、箱をナス形にしてみたら、おもしろいものができるかなって思ったんです」

「ほほぅ、テルミンならぬ『ナスミン』っていうわけやな？」

ナスの話が聞けると思ってか、店の奥からサッと現れた蒼空が、興味津々といった様子で悠馬の隣の席に座る。

「ナスミン……それ、いいネーミングですね！」

「せやろ〜。悠馬の兄ちゃん、俺様とセンス合うやないか〜」

「えへへっ……それでですね、僕はそのテルミンを作って、夏祭りのときに子どもたちとか、いろんな人に演奏体験してもらったらどうかなって考えたんです」

ワクワクした楽しそうな表情で語る悠馬の姿に、美咲はナスとチーズのパウンドケーキに生クリームを添える手を止め、羨ましさを感じてポツリとつぶやく。

「悠馬さんは、もう迷子じゃなくなったんですね……」

「えっ？　あー……はい、先日のことですか。おかげさまで、スランプからは少し抜けだせた気がします。まだ納得のいく作曲はできないんですけど、蒼空くんが言ってたように、今はいろんな道を試しに歩いてみようって思って……テルミンもそうですけど、ほかにもいろんな楽器に触れてみることにしたんです」

「いろんな道、ですか……」

生き生きとした悠馬のことが急にまぶしく見えてきた美咲は、そっと目を伏せた。

その隣で、漣は美咲の様子の変化に気づいていたが、あえてなにも聞かず黙っていた。

そして視線を悠馬に、話題を夏祭りへと戻す。

「んじゃ、悠馬はっていうか、楽器店では祭りの日に〝ナスミン演奏体験会〟をすることになるのか……」

「まだナスミンがうまく作れるかどうか、わからないですけど……きちんと完成したら、カフェのみなさんにも見てもらいたいんですが、いいですか？」

「そりゃあもちろん大歓迎だよ、なっ、美咲店長！」

「あっ、はい、ぜひ……楽しみにお待ちしてますね！」

ぼんやりしていた美咲はハッと我に返ると、慌ててそう答え、用意し終わったパウンドケーキとドリンクを悠馬のテーブルに運んでいった。

「こちら、ナスとチーズのパウンドケーキと、アイスココアならぬナイスココアでございます。どうぞごゆっくり……」

そう言って美咲はカウンター内に戻り、悠馬は出されたメニューを見て笑みをこぼす。

「ナイスココアってなにかと思ったら、こういうことだったんですか！」

グラスに注がれた冷たいココアの上には、きめ細かい泡状のミルクが載っていて、そこに「ナイス！」と言わんばかりの表情でウインクする、店のロゴキャラクターが描かれている。

ナスの形をした茄子神様の姿を知る漣と美咲には、蒼空が「ナイスやで！」と言っているようにしか見えない、愛嬌を感じられる絵柄だ。

「ちなみに、ここだけの話なんだけど、そのナスのロゴキャラをデザインしてくれた子、悠馬のブログを見てこのカフェに来てくれたお客さんなんだぜ」

「えっ、そうなんですか!?」

驚く悠馬に、漣はそれ以上の情報は明かさず、意味ありげに含み笑いするのだった——。


その翌日の夕方、皐月と芽生の双子姉妹が学校帰りにカフェを訪れた。

彼女たちも気づけばすっかりこの店の常連になっていて、時には学校の友人たちと連れだって来てくれることもあった。そしてその友人たちが、また別の友人と来店したり……ということも増え、美咲と漣はカフェのロゴデザインやショップカードを作ってくれたときから、この双子姉妹には感謝しきりだった。

「へえ……夏祭りじゃなくてナス祭りかぁ〜。おもしろそうだね、芽生」

「うん、わたし、お祭りは行くのも好きだけど、準備するのも楽しくて好きなんだよね」

そんなふたりの会話に、漣がキラリと目を輝かせる。

「じゃあ、キミらもぜひ、ナス祭りでやったら盛り上がりそうなこととか、なにかいい案を思いついたら教えてよ」

「そうですねえ……」

としばらく考えていた姉妹は、不意に双子らしく声をハモらせた。

「商店街のいろんな店をめぐるスタンプラリーとかどうかな？」

「七夕飾りをナスの形をした短冊でいっぱいにするとかどうでしょう？」

　この皐月の意見には蒼空が喜んで飛びつき、芽生の意見には漣がすぐさま反応した。

「ほほぅ、ナスタンプラリーっていうわけやな！」

「そうか、七夕祭りでもあるんだから、七夕の要素もちゃんと入れないとだよな！」

　ふたつのやり取りが同時に進み、混乱した美咲が慌てて会話に割って入る。

「あ、あのっ、ひとりずつ、詳しく聞かせてもらってもいいですかっ？」

「そうだな、じゃあまずは皐月さんのアイデアから聞くよ」

　漣が冷静にそう仕切ると、皐月が改めて思いついた案を詳しく説明しはじめる。

「ほら、芽生が前にこの店のスタンプカード作ったじゃないですか。あれの商店街版みたいな感じで、祭り開催中に買い物をすると、お店ごとにちがうスタンプを押してもらえるようにするんです。で、集めたスタンプの数に応じて、商品を用意する……とか」

「なるほど、それなら各店舗での売り上げ促進に繋げられていいかもな」

　漣が頷く横で、美咲は今度の商店会の会合のときに提案できるよう、皐月が話したアイデアをメモしていく。

　そしてこの店のスタンプを押す係を務めるようになった蒼空は、すっかり上機嫌になり、

「ナスのスタンプ、ナスタンプ～」と謎の歌を歌っていた。

　続いて芽生から提案されたアイデアは、七夕に絡めたものだった。

「お祭りを開催する少し前から商店街のどこかに笹の葉を置いて、そこに短冊……できればナスの形に切り抜いた紙を用意しておくんです。で、商店街に来た人たちに書いてもらったりすれば、お祭りの宣伝にもなるし……」

と、芽生はいつになく張り切った様子で提案を続ける。

「短冊の飾り以外に、折り紙で折ったナスを混ぜてもいいかもしれないです。それなら七夕祭りでもあるし、ナス祭りっぽくもなって、いいんじゃないでしょうか」

その提案を聞き、蒼空が「はいはーい！」と元気よく手を上げると、漣が「蒼空くん、どうぞ！」とまるで先生と生徒のやり取りのような小芝居をはじめた。

「笹やと背丈が低いから、どうせ飾りつけするんやったら、おっきな竹にしたほうがええと思うで。おまけに竹は中が空洞になっとって、そこに先祖の霊とか神様が宿れるようになっとる、神聖な植物でもあるしな。縁起もいいんやで～！」

蒼空から教えられた豆知識に、一同が「へえ……」と驚き、感心する。

「ねえねえ、蒼空くんってホントに小学生？　なんかときどき子どもっぽくないこと言うよね」

という皐月からのツッコミに、美咲はドキッとして肩をわずかに震わせた。

「皐月のねーちゃん、俺様は小学生ちゃうで。遥か千年以上前から存在する、五穀豊穣と縁結びを司る……」

「あ、やっぱそういうこと言いだすあたり、小中学生の男子っぽい！」

すぐに皐月がそう言って笑い飛ばしたので、蒼空は不満そうだったが、美咲は結果オーライだとホッとしていた。

その後も皐月と芽生はあれやこれやと祭りに関する提案をしてくれただけでなく、ナス祭りを宣伝するためのポスターや冊子類の作成にも力を貸してくれると約束して、帰っていったのだった――。


七月中旬を過ぎ、彩瀬商店街の今年の夏祭りが本当に『ナス祭り』となることが決定すると、エッグ・プラネット・カフェをはじめ、あちこちで準備が進められていった。

そして、店の裏庭の菜園で薄紫色のナスの花が咲きはじめ、小さかった実がたくさんの水を吸い、太く艶やかで立派なナスへと成長した頃――。

悠馬がめずらしく、閉店間際の夕方五時半過ぎに大きな鞄を肩からかけて来店した。

そしてカウンター席に座ると、アイスティーを注文してからすぐに本題に入った。

「漣さん、店長さん、蒼空くん、例のモノが完成したので持ってきましたよ！」

「おー、マジで！　ついにできあがったんだな！」

「楽しみに待っとったんや！　はよ見せてや！」

目を輝かせた漣と美咲、蒼空の前に、悠馬は鞄の中からゴソゴソと木箱――茄子紺色に綺麗に着色されたナス形のもの――を取りだして置いた。

木箱の端からは細長くて銀色のアンテナのようなものが一本伸びていて、説明がなければ、とても楽器には見えない形状をしていた。

「あれから、バイト先の店長に相談したら、おもしろそうだからやってみろって言われて、おまけに、プロのテルミン奏者さんに連絡を取ってくれたんです。で、その方にいろいろ教わりながら、作ってみたのがコレです！」

「ほぅ……それがナスミンっていう楽器なんやな？　で、どんな音が出るんや？」

蒼空の中では、すっかり『ナスミン』として定着したらしいナス形のテルミンに、漣と美咲、蒼空の三人からの期待のまなざしが降り注ぐ。

「あの、いきなりここで音を出したらマズイですかね？」

「音、そんなにデカイのか？」

「んー、今回作ったのは素人でも作れるっていう簡易版だったので、音量調整が二段階しかないんですよ。大きい音のほうは、アパートのお隣さんには聞こえちゃってたかなーっていうくらいでした」

「まあ、ほかのお客さんが来たら考えるけど、とりあえず今は誰もいないからいいんじゃないか？」

漣に確認するような視線を向けられた美咲は「ええ」と笑顔で頷く。

「わかりました。ではまず、チューニング……ちょっと音を調整しますね」

そうして悠馬は木箱の上の端についている小さなスイッチをオンに切り替えると、ドライバーのような細い棒——この楽器をチューニングするための大切な棒らしい——を、箱の側面に見えている小さな穴に差しこんだ。途端、ブィーッという、低い電子音のような、変わった浮遊音が響いた。

「えっ、そんな音なんですか？」

美咲はアイスティーをテーブルに置きながら、予想外の音に目を丸くする。

テルミンというのが「世界初の電子楽器」だとは聞いていたが、なんとなくキーボードのような鍵盤楽器をイメージしていたのだ。

「ちょっと待ってくださいね……」

そう言って難しい表情を浮かべた悠馬は、チューニング棒を少しずつ回していく。すると、低かった音は徐々に高い音へと変化していき……やがて、「よし」とつぶやいた悠馬が棒を引き抜いた。

そして今度は、箱の端から細長く伸びているアンテナのようなところに、手を近づけたり遠ざけたりしはじめた。

しばらく耳を澄ませて聞いていると、次第になめらかな音へと変わっていき、かと思うと突然、ミョ、ミョ〜ン、という浮遊するような不思議な音が音階を奏ではじめた。

ドーレーミーファーミーレードー。

「おっ、カエルの歌だな？」

「当たりです。じゃあ今度は……」

と言って弾きはじめたのは、国民的アイドルグループが歌って大ヒットしたことのある「花」を題材にした曲だ。

「あ、私この歌、すごく好きなんですよね……」

それ以外にも悠馬は、短い童謡から有名なクラシック、そしてポップスまで、さまざまなジャンルの曲の一部を弾いて聴かせてくれた。

悠馬がふうっと息をつき、お試し曲の披露が終わったのだとわかると、美咲と漣、蒼空はささやかながら彼に拍手を送った。

「悠馬さん、すごいです……」

「ホントホント！　俺にはどういう原理で曲を弾いてるのかサッパリわからないんだけど、そこまで弾ける人ってあまりいないんじゃないか？」

「悠馬の兄ちゃん、やりよるやないか！」

三人からの感想に、悠馬は照れくさそうに頭をかく。

「いえいえ、まだそんなにうまくはないと思うんですけど……まあ、祭り当日は体験会としていろんな方に触れて試してもらうだけですから、こんなもんで大丈夫かな？」

「演奏会をしたら、きっとみなさん喜ぶのに……」

謙遜する悠馬に、美咲はポツリと本音をこぼす。

「うん、俺も美咲店長と同意見！　楽器屋の店長さんはなんて言ってんの？」

「えっ、実はまだウチの店長には聴いてもらっていないんですけど……」

「ほな、はよ店長さんとこ戻って、今みたいに演奏して聴かせたらええ。絶対に、俺様たちと同じこと言うで！」

「そ、そうでしょうか……？」

テルミンのスイッチを切り、戸惑いを見せた悠馬に、美咲たち三人は力強く頷き返してみせる。

「悠馬、お前はもっと自分の腕に自信持っていいと思うぜ！」

そうして三人が追い立てるようにして見送ったあと、楽器店の店長にも絶賛された悠馬は、ナス祭り開催中、ナスミンのミニ演奏会をやることになったのだった——。


梅雨が明け、夏本番を迎えた裏庭のナスは蒼空の予想したとおりにたくさん……とてもカフェだけでは使い切れないほどの実を結んでいた。

しかも不思議なことに、植えたナスの苗は一種類、タマゴ型の一般的なナスだったはずが、白や緑、薄い紫や濃い紫、赤紫にマーブル、小さいものから大きいもの、丸いものや細長いものまで、数え切れないほどさまざまな種類のナスの実が、ひとつの苗の中で混在した状態になっていた。

「うおっ、なんかすごいことになってるな……昨日までは普通のナスだったはずなのに！」

「これって……もしかして、蒼空がなんかやったの？」

出勤してすぐ水やりにきた漣と美咲が、目の前の光景に呆然としながらそう尋ねると、蒼空が得意げに胸を張り、ニッと笑った。

「どうや、おもしろいやろ？　せっかくのナス祭りや、いろんなナスがあったほうがみんな楽しめるんちゃうかなーって思て、ちょこっとだけいじってみたんや」

「でも、こんな光景、不思議すぎて私たち以外には見せられないよ……」

「大丈夫、大丈夫。意外と挿し木をすれば、種類の交ざった苗を作ることはできちゃったりするからさ。まあ、ここはありがたく使わせてもらおうよ」

「う、うん……」

あっけらかんと言ってのけた漣に、美咲は驚きながらも頷き返し、用具入れからハサミを取りだすとナスを収穫しはじめる。

「結局、美咲店長は何品くらい考えてきたの？」

漣が聞いたのは、今日これから、このカゴいっぱいに採れたナスを使い、祭りのときに店の前の特設スペースで販売する限定メニューの試作品のことだ。その試作メニューは、蒼空と庄一はもちろんのこと、悠馬や双子姉妹といった常連客にも味見してもらい率直な意見を聞くつもりだった。そのため、彼らにはいつもの時間でいいので店に来てほしいと頼んであった。

「ええと、蒼空の書庫にあった本を参考にした、日本の伝統的な調理法のものが二品と、世界各国で食べられているナス料理が三品、あとは、『やきやきたこはち』……たこ焼き屋の店長さんから頼まれたのが一品に、ドリンクで試したいものが二種類……ですね」

指折り数えながら答えた美咲に、漣は驚いて目を丸くする。

「そんなにたくさん？」

「多すぎですか？　ごめんなさい、今日は通常営業メニューは漣さんに任せきりになってしまうし、キッチン半分お借りして邪魔しちゃいますけど……」

「いや、それは別にいいんだけど……無理してないかなぁと思ってさ。最近の美咲店長、なんか疲れてるようにも見えるし、大丈夫なのかなって心配になっただけで……」

漣にそう言われ、美咲はドキッとしながらもすぐに平静を装う。毎朝、栄養ドリンクを飲んでから出勤していることは伏せ、笑ってごまかした。

「そ、そうですか？　でも私は全然元気ですよ！　祭りまであと二週間、テンション上げていきましょうね！」

「……ああ、そうだな」

「じゃ、私はキッチンに戻って、先に使わせてもらってますね！」

と、まだ釈然としない様子の漣から目を逸らし、逃げるように背を向けた美咲は勝手口から店内へ入っていった。

そしてモーニング営業とランチ営業の合間、漣が通常メニューの仕込みをする横で、美咲はまず二品を完成させた。

「こっちがナスのしぎ焼きで、これがナスのずんだ和え。両方とも蒼空が貸してくれた本を参考に作ってみました！」

美咲の説明に、カウンターに座った味見役の蒼空と庄一の視線が器に注がれる。

「なるほど、これは伝統的な調理法のようじゃな。どれ、一口……」

「おっ、しぎ焼きやて？　俺様、昔、よう食べてたで、懐かしいわ！」

真剣な表情を浮かべた庄一と、嬉しそうに箸を手に取った蒼空、ふたりがまず口に運んだのは『しぎ焼き』のほうだ。しかし、その感想は見事に二分した。

「ふむ……これはなかなかうまい。信州味噌と油はナスと相性がよいのぅ……」

「……全然、しぎ焼きとちゃうやないか！　なんや、味噌なんてついとった覚えないし、なにより〝鴫《しぎ》〟の肉がみじんも入っとらんやないか！　ホンマに調理法、読んだんか？」

ふたりの評価の違いに、ランチの仕込みをする片手間に聞いていた漣が驚き、心配そうにのぞきこんでくる。

「美咲店長、どういうこと……？」

「あー……えっと、鴫の肉を使わないで作る庶民版のしぎ焼きにしちゃったんです」

「え、どういうこと？　その、庶民版とやら以外にもなんかあるのか？」

そう尋ねてきた漣に、美咲が今作って出したのは、じっくりと焼いたナスに味噌や砂糖、みりん、酒といった調味料を加えて煮絡めた料理だと説明する。

「蒼空が想像したのってたぶん、お武家さんたちに好まれていたっていう高級料理のほうの鴫焼き……なんだよね？」

それは、その名のとおり「鴫」という野鳥の肉を叩いて、身をくり抜いた塩漬けのナスに詰めて焼き、ナスのヘタを鴫の頭に見立てて盛り付けたものだと補足を入れる。

「そう、それや！　鴫肉の旨みを吸ったナスは、ほんまに絶品なんやで～！」

「……って、さすがに鴫肉なんて手に入らないから無理だろ。蒼空、残念だとは思うが、諦めてやってくれよな」

美咲の説明に苦笑いした漣がなぐさめるようにそう言うと、蒼空は頬を膨らませて、不機嫌そうなオーラを漂わせた。

「え～、なんやつまらん。久々の味を楽しめると思たのになあ……」

「ていうか、今考えてるのは祭りメニューで、蒼空を楽しませるためじゃないぞ！」

「そうね。蒼空がどうしても食べたいって言うなら、いつか鴨《かも》肉で試してみてもいいけど、原価が高すぎるからお店では出せないかな」

「ま、そのうち狩猟免許でも取得して、鴫を探してきてやってもいいけどな」

漣と美咲が、納得いかない様子の蒼空をなだめていると、それまで黙って会話を聞いていた庄一の目がスッと細くなった。

「これまであまり気にしないようにしとったんじゃが……蒼空くん、キミはいったい何者なんじゃ？　普通の少年が鴫肉なんぞ、食べたことあるはずがなかろう？」

唐突に蒼空の正体について突っこまれ、動揺した美咲は顔を引きつらせ、漣はなんとかごまかそうと口を開きかけたのだったが——。

「ふっふっふ、バレてしもたんなら仕方ない」

それまでふてくされていた蒼空は、急におもしろいことを見つけた子どものように目を輝かせると、立ち上がり、庄一に向かって胸を張った。

「ほな改めて……俺様は、恐れ多くも縁結びと五穀豊穣を司る神、茄子神様や！　ええい、みなのもの、頭《ず》が高い！　ひかえおろ～！」

と、どこかで聞いたことがあるような語り口で叫んだかと思うと、蒼空はポンッと音を立ててナス型の姿に変わり、ドヤ顔で一同を見回した。

「……なんだ、バラしてもよかったのかよ。俺、ちょっとドキドキしちゃったよ」

「わ、私も……こんなことなら、最初から庄じぃに話しておけばよかった……」

そう言って深いため息をついた漣と美咲の頭を、蒼空は不満そうにポコッと小さな手で順番に叩いてツッコミを入れる。

「なんやふたりとも、あの時代劇、見たことないんか？　ノリ悪いなあ……」

「って、私のスマホに動画アプリを入れたの、やっぱり蒼空だったのね!?　急にアイコンが増えててビックリしたんだから！」

「あっ、そうそう、最近のテレビはずいぶん小さくなったんやなーって感心しとったんや。昔はこう、でっかい箱みたいなやつがあってな……」

「それはともかく、庄じぃ、これまで蒼空のこと隠していてごめんね……」

と、蒼空の話をサラッと流して庄一の反応を窺うと、庄一はさして驚いた様子もなく、むしろ納得したように頷いた。

「ふむ、茄子神様……その形状から推察しますに、賀茂ナスの神様なのですかな？」

「お、さっすが庄一殿は物知りやな。そう、俺様はその昔、京都の賀茂茄子神社に祀られとった賀茂茄子神やで。よぉわかったなあ！」

「それは蒼空殿のお姿を拝見すれば一目瞭然、どう見ても賀茂ナスじゃからのぅ」

とそこで、漣がぽつりと「俺、蒼空はてっきり丸ナスだと思ってた」とつぶやき、美咲は「え、合ってますよ」と答える。

「賀茂ナスは大型の丸ナスの一種で、主に京都で育てられている品種なので……」

「ああ、そういうことか！　それで蒼空は関西弁しゃべってるんだ……あ、じゃあ、俺、中学の修学旅行で賀茂神社ってとこ行ったんだけど、そこととはなにか関係あるのか？」

漣の問いに、蒼空は不意に寂しそうに目を伏せる。

「ないで。俺様のいた神社は……京の都には、もうないんや……」

「そっか。じゃあなんで京都にあった神社に祀られていた茄子神様は関東《ここ》に来たんだ？」

「…………」

漣の疑問に、蒼空が沈黙していると、美咲はパントリーに置かれている神棚のことと、不動産屋のお姉さんから聞いた話を思いだした。

「大家さんのご祖先さまが以前、神主さんをしていたとは伺いましたけど……それなら、漣さんのご家族が事情をご存じなのでは……？」

「えっ、そうなの？　うーん、親父とはそういう話したことなかったしなぁ……って、話が思いっきり脱線したけど、味見の続き続き！　ほら、もうすぐ十二時になるぞ」

「わあ……じゃあ、庄じぃも蒼空も急いで食べて！　お客さん、来ちゃう！」

そうして二品目のナスのずんだ和えを急いで食べてもらったが――。

「ずんだ……枝豆も今が旬じゃし、味もそれなりにいいとは思うんじゃが……」

「これやとナスが負けとる気がするからボツや。あと、しぎ焼きも平凡で、祭には向かんな！」

ふたりからの厳しい意見に、美咲が考えた最初の二品はあえなくお蔵入りとなったのだった――。

午後――いつもの時間にやってきた悠馬に試食を頼んだのは、日本以外の国で食べられているナス料理三品だ。

「いかがですか……？」

午前中に作った二品がボツになったことで自信をなくしていた美咲は、恐る恐る悠馬に尋ねた。しかしそんな心配をよそに、悠馬の表情は食べてすぐに明るくなった。

「これ、すっごくおいしい……」

こんがりとキツネ色の焼き目が付いたチーズのほんのりとした塩気と、ホワイトソースがたっぷり絡まった豚ひき肉とジャガイモとナスの組み合わせに、悠馬は思わず口元を緩める。

「普通のグラタンにしか見えなかったのに、なんですか、このおいしさは……」

悠馬が感激した様子で言ったので、美咲はホッとすると同時に嬉しくなった。

「それは『ムサカ』っていうギリシャの伝統的な家庭料理なんです」

「え、ナスって海外にもあるんですか？」

悠馬の驚きに答えたのは漣だ。

「あるよー、あるある。とくにギリシャ料理では、よくナスが使われてるんだよな。ナスとヨーグルトのサラダとか……」

「そうなんですね……僕はてっきり、ナスって日本にしかない野菜だと思いこんでました」

感心する悠馬に、美咲は「じゃあ」と話を切りだす。

「ナスの原産国ってどこだと思います？」

「そう聞くからには、日本じゃないんですよね……うーん、夏野菜だから、きっと暑い国なんだろうなあ。インドネシア……とか？」

「あ、惜しい！　インドです！」

ナスはインドが原産で、七一〇年頃に書かれた日本の書物に「加須津韓奈須比《カスツケカラナスビ》」と記されていることから、日本へは七～八世紀頃に、中国から入ってきたものだと考えられているそうだ。

美咲がそう説明すると、悠馬は「なるほど」と深く頷いた。

「まあ、そんなに昔から日本にあってずっと食べられてきたんだから、日本が原産の野菜だと勘違いするのは当たり前だよなー」

漣がフォローするように言うのを聞きながら、悠馬は次の料理に手を伸ばす。

「これもナス……なんですよね？」

と悠馬が指差したのは、小さなカップに入っているクリーム色のペーストだ。

「はい、それはトルコ料理で、焼きナスを叩いたものでして……ピタパンの上に載せて、食べてみてください」

「……なるほど、言われてみればたしかに焼きナスっぽい味がします。あと、ニンニクの香りと……この酸味はレモンですかね？　さっぱりしていて、いくらでも食べられそうですね」

悠馬はそう言って、パンもナスペーストもあっという間に平らげた。

「で、これはオムレツ……ですか？」

見るからにフワフワの玉子の生地から、ナスのヘタと明るい紫色の皮、赤や黄色のパプリカがチラチラと透けて見えている。

「ええ。そちらは『リエノン・タロング』っていう、フィリピンの家庭でよく作られてるナス入りオムレツなんです。現地では、バナナケチャップというものをかけて食べるらしいんですが、さすがにそれは作れなかったので、普通のケチャップで……」

「あ、中にひき肉とかタマネギも入ってるんですね！」

スプーンで豪快にすくって食べれば、トロッとしたナスの食感と、小さく刻んで混ぜこまれているパプリカとタマネギの甘み、そして豚ひき肉の旨みが、口の中で絶妙に絡み合い、思わず笑みがこぼれる。

「あー、どれもおいしかったです！　それに……ギリシャにトルコにフィリピン、どれも僕は行ったことのない国ですけど、たった一品ずつのナス料理に触れただけで、なんだかその国に親近感が湧いてくるから不思議です」

悠馬の感想に、美咲は密かに伝えたかったことがきちんと伝わった手応えを感じていた。

「今食べていただいた三品は、ナス料理を通していろんな国に想いを馳せてもらえたらいいな、と思って作ってみたメニューだったので、そう言ってもらえて嬉しいです！」

「いやあ、本当にすごくおいしかったですし……あ、いろんな国のナス料理を、ってことなら、ナスがたくさん載ったピザとかどうですか？」

「あっ、それもいいですね！　またちょっと考えてみます」

美咲と悠馬がそんなやり取りをしていると、それまで試食するのを黙って横から見守っていた漣が「ちなみに、ひとつだけ聞いていい？」と混ざってきた。

「はい、なんでしょう？」

「今食べてもらった三品の中で、お祭り会場で食べ歩くとしたらどれ？」

そもそもこの試食はお祭りメニューを決めるためのものなのだ、ということを漣の言葉で思いだした美咲は、「歩きながらでも食べやすいか」という重要なポイントをきちんと押さえていたかどうか、急に不安になった。

「うーん、そうですね……ムサカとリエノン・タロングは、イスに座ってゆっくり味わって食べたいかなと。ナスペーストとパンなら、歩きながらでも食べやすいかと思います」

「そっか、率直な意見ありがとな！」

「いえいえ、お祭り当日を楽しみにしてますね！」

そうして悠馬がバイト先に戻っていったあと、美咲はガックリと肩を落としていた。

「漣さん、すみません……私、どんなナスの料理を出すか、ってことばかり考えて、お祭りの会場で食べるお客さんの立場に立って考えられてなかったんですね」

先ほどの漣から悠馬への質問は、遠回しにそのことを伝えようとしてくれていたのだと確信し、美咲は反省した。

「まあ、そういうことに気づくためにも、いろんな人から意見をもらってるわけだから、おっけーおっけー！　で、あと残ってる試作メニューはなんだっけ？」

「『やきやきたこはち』の店長さんに頼まれた、ナス入りのお好み焼きと、ドリンクの試作が二種類です」

その残りの試作品の味見係は、いつもより少し遅い夕方五時過ぎにやってきた。

「遅くなってすみません！　来る途中で芽生がちょっと事故っちゃって！」

という皐月の言葉を聞いた瞬間、美咲は手を滑らせ、片付けている途中だったナス形の平皿を落としてしまった。

パリンと音を立ててまっぷたつに割れたお皿を、美咲は慌てて片付けようとしゃがみこんだが、漣に止められる。

「いいよ、ここは俺が片付けるから……って、美咲店長、大丈夫？　顔色悪いけど……」

「わ……私は大丈夫です……それより、芽生さんが事故、って……」

美咲がそう言ってまだかすかに震えている手をギュッと握り締めながら立ち上がると、皐月は申し訳なさそうに顔の前で手を合わせた。

「ごめんなさい、事故って言っても自転車にちょっと突っこまれただけで、傷はたいしたことなかったんです。ただ相手の人が念のため、って近くの外科に連れてくって言いだして、あたしも付き添ってたので遅くなっちゃって……」

そこでいったん息を吐いてから、皐月は続けた。

「で、芽生は今、薬局にいるんですけど、このお店が閉まっちゃったらあれかなと思って、あたしだけ先に来たんです」

事情を打ち明けた皐月は、申し訳なさそうにしながらカウンター席に座ると、美咲にもう一度謝る。

「驚かせちゃったみたいで、すみませんでした」

「い、いえ……芽生さんが無事だったならよかったです。えっと、ご注文は……」

平静さを取り戻した気でそう尋ねてから、美咲はハッとする。

「あ、ごめんなさい。今日はおふたりに……えっと、皐月さんに試食してもらいたいものがありまして……」

「うんうん、あたし、味見なら得意だから任せてよ！」

そうして皐月の前に出されたのは、ただのお好み焼きにしか見えないものだった。

「えっと……これ、普通のお好み焼きとなんかちがうの？」

警戒するように尋ねた皐月に、美咲はまな板の上にまだ残っていた白い皮のナスを手に取ってみせる。

「実は、この白ナスを生地に混ぜこんで作ったお好み焼きなんです」

「なにそれ、白いナスなんてあるの!?　あたしそんなのはじめて見た！」

と驚いた皐月に、美咲は頷く。

「これが、ナスが『エッグプラント』って呼ばれるようになった由来の品種なんですよ。見た目がほら〝卵〟みたいでしょう？」

「ああ、なるほど！」

「それから、白ナスはほかのナスよりもアクが少ないので、ナスが苦手だって言ってた芽生さんでもこれなら食べられるかなと思って、作ってみたんですけど……」

そんな説明を聞きながらさっそく一口頬張った皐月は、驚いたように目を瞬かせる。

「なにこれ、おいしい……！　ナスがどこに入ってるのかはちょっとわからなかったけど、生地フワッフワだし、この桜エビの香り？　すごくイイ感じ！　これなら、芽生も絶対においしいって言うよ！　あたしが保証する！」

その力強いコメントに背中を押され、美咲はホッとした。

「ありがとうございます、その反応なら、『やきやきたこはち』の店長さんに安心して提案できそうです」

「そう？　あたしは思ったことを正直に言っただけだけどねー。じゃあ、次は？」

と促され、美咲が次に用意したのは、グラスに注がれた透明な赤い飲み物と、薄い黄色の飲み物だ。ともに、小さな気泡が浮いていて、炭酸飲料なのだとわかる。

「こちらは、赤と白のスパークリングワインをイメージした、ノンアルコールの赤ナスジュースと白ナスジュースなんです」

皐月は「なるほどねー」と言い、それぞれ一口ずつ飲むと、ニヤッと口元に笑みを浮かべた。

「これやばい、おいしい！」

「ちなみに、赤いほうはナスの皮を煮出して作った赤いナスシロップ、白いほうは皮を剥いて作った透明のナスシロップをベースにして炭酸水で割ってあります」

「ナスのシロップ⁉　店長さん、よくそんなこと思いつきますね……」

驚きを通り越して感服した様子の皐月に、漣が笑って同意する。

「だよな、美咲店長のナスに対する情熱っていうの？　俺もすごいと思うわー」

「あ、ありがとうございます。あのでも、このジュースには元ネタがありまして……」

ナス祭りの開催が決定したあと、美咲は祭りといえば……と、以前、姉妹で飲んだことのあるナスのラムネ飲料のことを思いだしたのだ。そして、取り寄せようと販売元の企業に連絡してみたのだったが、残念ながらもう製造していないという返事があった。

「そこで諦めないで、ないなら自分で作っちゃおうって考えるあたり、美咲店長らしいというかなんというか……」

「努力家なんですね。あーあ、あたしもちょっと執筆に行き詰まったくらいで諦めてないで、店長さんのそういうとこ見習って頑張らないとなあ……」

漣と皐月のふたりからそう言われ、あまり褒められたことがない美咲は恥ずかしくなって、慌てて話題を変えた。

「さ、皐月さん、執筆に行き詰まってたんですか？　大丈夫ですか？」

「あー、うん！　ここに来たら元気とやる気、もらえたんで大丈夫です！　それに、新しく思いついちゃったネタもあるので……もうちょっと粘ってみようと思います」

そう言った彼女の笑顔が、いつになくすがすがしく見え、美咲と漣は顔を見合わせて微笑みを交わす。

「応援、してますね！」

「はーい！　期待に応えられるよう、頑張りまーす！　あ、この店っぽく言うと、頑張りナス、かな？　なんちゃって！」

「ははっ、なんか最近の俺たち、ちょっとずつナスに侵食されていってる気がするな」

ぼやいた漣に、キッチンの奥から現れた蒼空が「失礼な！」と突っ込む。

「侵食やなんて、悪いもんみたいに言うなや！　ナスには人を幸せにする力が秘められているんやで！」

「はいはい、そうだといいな！」

「ホンマやで！　俺様には、誰もがハッピーでポジティブになれる、すごい考えがある！」

蒼空は、ある意味とても子どもっぽくてそれでいて大人っぽい言葉を言うと、再び店の奥へと消えていったのだった。


ティータイムも満席になる日が増えてきたある日の午後三時——。

女性グループのお客さんが席の多くを占めている中、カウンター席の端で蒼空とひとりの女性客が隣り合って座り、なにやら真剣な様子で話しこんでいた。

「なぁ、美咲店長……蒼空はいったいなにをはじめたんだ？」

給仕を終えてカウンター内に戻ってきた美咲に、漣はお客さんには聞こえないよう小声で尋ねた。

「ああ、『イケメン蒼空による恋愛&人生相談、ハピナスチャージ』だそうです……」

美咲は漣の視線の先を追って、肩をすくめる。

「なんだそのあやしさ満点のネーミングは……」

「それもそうですけど、もっと不思議なのは『ハピナスチャージ』を目当てにやってきたお客さんがいるってことなんですよね……」

今ちょうど蒼空の隣に座っている女性は、来店するなり「蒼空はどこにいるか」と尋ねてきて、カウンター席の端に座っていると美咲が教えると、緊張した面持ちで蒼空に挨拶をしていた。

そしてその女性は真剣な表情で、蒼空の話に耳を傾けている様子だ。

蒼空はといえば、着々と育っている庭のナスと連動して神力を回復させつつあるのか、わずかな間にまた少し背を伸ばし、商店街のおばちゃんたちからは「成長期だね！　男の子って急に背が伸びるのよね！」と、まったく怪しまれることなく、かわいがられている。ほんの三か月前は、関西弁でよくしゃべるただの小学生の男子、としか認識されていなかったのが、今や、浅黒肌で童顔のカフェの看板美少年、というステータスを手に入れていた。

「おねえさんは大丈夫や！　もうすぐ素敵な出会いがあるで。せやから、焦らんでええ。おねえさんにはたくさん魅力的なトコあるから、自分磨きを怠らへんかったら、おねえさんにつりあうような、ぴったりのパートナーが必ず現れるで」

営業スマイルとでもいうのか、蒼空は美咲たちには見せたことがないような爽やかな笑顔を相手の女性に向け、しかしいつもと変わらぬ軽快な関西弁で話していた。

そんな蒼空を、女性は完全に信じきった様子で見つめている。

「本当ですかっ？」

「まぁ、ひとつアドバイスって言うなら、自分にもっと自信を持つことやな」

「自信……ですか？」

「そうやな……あとは、おねえさん、そのままでも美人さんやとは思うけど、おいしくて栄養のあるもん食うて笑顔になったら、もっと運を引き寄せるで」

「おいしくて栄養のあるものを食べる……ですか？」

変わったアドバイスに、女性の視線がふと蒼空の前に置かれている『本日のおすすめナスイーツ』であるナスのコンポートへと向けられた。

「せや、このナスの皮に含まれとるナスニンっていう成分には、抗酸化作用があってな、病気を予防してくれよるし、食物繊維もたっぷりやから、体型維持にも大活躍なんや」

「そうなんですね！　全然知らなかったです！」

「これで、アドバイスは終わりなんやけど、ほかになんか聞きたいことはないんか？」

「あ、えっと……占い料って、無料だって聞いてきたんですけど、本当ですか？」

「もちろん、お金なんていらへんよ。気ぃ向いたら、またここにお茶でも飲みに来てくれるだけでいいねん。今度は彼氏さん連れてな」

これまたとびきりの、天使のような微笑みを浮かべた蒼空に、女性の目が恋をしたような、うっとりとしたものに変わった。

どうやら、蒼空の笑顔は母性本能をくすぐるらしい。

「……は、はいっ！　あの、ひとりでも、また来てもいいですか？」

「もちろんや！」

「あ、ありがとうございます！」

女性が頬を紅潮させてお礼を言うと、蒼空はすまし顔で、キッチン奥のパントリーへと歩き去っていった。

そしてひとりカウンター席に残った女性は、もともと飲んでいたアイスティーに、ナスのコンポートを追加注文して食べ終えると、幸せそうな表情を浮かべ、軽やかな足取りで帰っていったのだった。

それからしばらくして、お客さんの姿が店内から消えたタイミングで、蒼空は「ふわぁ」とあくびをしながらパントリーの奥――おそらく二階から出てきた。

「ちょっと、蒼空ってば、あんなこと言っちゃって本当に大丈夫なの？」

もうすぐ出会いが……など、もしそれが嘘で、彼女がこのカフェの悪評を立てるようなことがあれば、のちのちまで経営に影響するかもしれない、と不安げに訴える美咲に、蒼空はムッと不満げに口を曲げて言い返す。

「なんや、俺様がせっかく本気だしてカフェの売り上げに協力しとんのに」

「そ、それはありがたいけど……」

たしかに、『ハピナスチャージ』目当てで来て、注文するのはドリンクだけで済ますのかと思えば、相談結果に満足したお礼にという意味なのか、ナスイーツを追加注文し、食べてから帰る人がほとんどだった。

「それとも、美咲は俺様の力、疑《うたご》うてんの？」

「え……じゃ、あれって全部本当のこと？　もしかして、未来が見えるの？」

「俺様を誰やと思てんねん！　茄子神様やで、偉いんやで、すごいんやで！　まあ……まだ完全に神力が戻ったわけやないから、少し先の未来しか見えへんけど〜」

蒼空が自信たっぷりに胸を張り、美咲が用意した梅ウォーターをゴクゴク飲んでいると、漣が目を輝かせた。

「未来か〜、すげぇな！　じゃあさ、あとで俺も見てもらってもいいか？」

期待のまなざしを向ける漣から、蒼空はなぜかプイっと顔を逸らした。

「どないしよっかなー」

「そこをナントカ！」

パンっと蒼空の前で手を合わせて拝む漣だったが、蒼空はからかっているだけのようで意地悪そうな表情を浮かべて、首を横に振った。

「やっぱつまらんから、漣のは見てやれへんわ」

「えーっ！　あ、じゃあ、美咲店長は？　見てもらったりしないのか？」

唐突に話を振られた美咲は「えっ」と困惑してから、恐る恐る口を開く。

「……それって、見えるのは恋愛に関してだけ？」

「いや、とくに制限はないで」

「そっか……」

「なんや、美咲がどーしても未来を見て欲しい言うなら、見たってもええけど？」

蒼空の言葉に、漣が「あ、ずるいなー」とぼやくが、美咲は首を横に振って、それきり黙ってしまった。

ほんの少し未来が見える、蒼空の力。

もしも半年以上前に、その力で未来を見てもらえていたらと考え、美咲は目を伏せる。

「私……もう少し早く、蒼空に出会っていたかったな……」

その小さな小さなつぶやきは誰にも聞こえず、漣と蒼空は急に黙りこんでしまった美咲の様子に、顔を見合わせて首を傾げたのだった。


「なぁ、蒼空……」

美咲が休憩に入っているのを見計らい、漣は本日のおすすめナスイーツをチラつかせながら、蒼空に話しかけた。

「なんや、未来のことなら、甘いもんくれたくらいじゃ話さへんで」

蒼空はさっきの話の続きならもうしないぞと顔を背けたものの、その手だけはしっかりと魅力的なおやつ――透明なナス形の器に入っているコンポートにそろりと伸びている。

ナスの皮を煮出して作った鮮やかな紫色の冷たいシロップに、浅い黄緑色のナスの実のコンポートがぷかりと半分浮いている。少量の白ワインとレモン汁が入っていて、さわやかな後味が楽しめる、夏らしいスイーツだ。

「……そうじゃなくてさ、もしなにか知ってたら教えて欲しいんだけど……美咲店長って、どこか体の具合、悪いのか？」

答えてくれたら渡す、というように、漣は蒼空の手の届かないところに器を持ち上げ、質問した。

「は？　そんなん本人に直接聞けばええやろ？」

「んなデリケートなこと、女性に聞けるわけないだろ」

「そうか？　俺様ならズバッとストレートに聞くんやけど……」

「そりゃあ蒼空は神様だから聞けるかもしれないけどさ……実は俺、何度か彼女を夕飯に誘ったんだけど、用事があるとか言って、いつも断られてんの。で、最初は用事なんて、断るためのただの口実なのかなーと思ってたんだけど……見ちゃったんだよな」

「なんや、尾行でもしたんか？」

「いや、帰りに駅前のコンビニで雑誌を探してたら、偶然……」

美咲が駅前にある総合病院に入っていくのが見えたのだ。

「最近、疲れが溜まってるようにも見えるしさ、実はどこか悪いところがあって毎日通院してるとかなのかな……って。なにか聞いてたりしないのか？」

「そんなん知らんわ。俺様ひとりで出歩くと怪しまれるから外に出るなって言うてんの、漣たちなんやで。ずっとここにおるんやから、外のことまで知るわけないやろ」

「あー……たしかに、それはそうだけど……」

「まあ、そのコンポートを俺様に食わせてくれるって言うんなら、アドバイスぐらいはしてやってもええで」

「お、おう……じゃあ仕方ないからやるよ……」

「ふふん、おおきに！」

蒼空は満足げにコンポートの入った器を受け取ると、漣の耳元に口を近づける。

「ナス祭りの二日目、短冊が飾られとる竹を美咲と一緒に見に行ってみいや」

「えっ、なんで……？」

「あとは、自分で考えて行動せえ。ほな、いっただきまーす！」

蒼空はそれ以上なにも語らず、漣は耳元でささやかれた謎のアドバイスのことを、しばらくの間、考え続けたのだった——。

五章
ナイスな出会いと再会と

Delicious recipes of Egg planet cafe

八月に入ると、商店会の面々は祭りに向けた準備を着々と進めていった。

そしていいよいよナス祭りの前日――。

ランチタイムの営業を終えた午後二時。美咲と漣は、店を早じまいして祭りメニューの仕込みと準備に取りかかった。

店内は祭りに来たお客さんたちの休憩スペースとして無料開放する予定で、店の前には長テーブルを出し、そこでエッグ・プラネット・カフェ特別メニューを提供することになっている。お祭りメニューとして選ばれたのは、美咲が何度も試作を重ねて食べやすいように改良した、世界各国のナス料理だ。

外で販売するのがいろんな国のナス料理というのに対し、内装は〝日本の夏〟をテーマに決めた。

「漣さーん！　そこから見て、額の位置、曲がってないですかー？」

美咲は店内の壁に大判の写真が入った額縁をかけながら、キッチンでピタパンの生地をこねている漣に尋ねた。ちなみにトルコ料理の『ナスペースト』は、仕切りのついた発泡スチロール皿に、焼き立てのピタパンと一緒に載せて出すことになっている。

「んーとね、右がちょっとだけ上がってるかなー」

一瞬だけこねる手を止めて確認した漣は、そう答えるとすぐに生地作りに戻る。

「はーい……このくらいですかー？」

「うん、いいんじゃないかな！」

美咲が今飾り終わったのは、ヒマワリ畑の写真だ。

入道雲、青い空、海辺、花火。

夏の風物詩を大判でプリントアウトして貼ってある。そのどれもが潮の撮った写真ということもあり、店内はささやかながら、ＵＳＨＩＯこと潮カメラマンの個展状態になっていた。

祭り開催中は、それぞれの写真のポストカードも一枚百円で販売する予定だ。

「よしっ、これで壁の写真はおしまいっ！」

ちょうど、漣のほうも作業に区切りがついたのか、丸めた生地をボウルに入れてラップをかけると、手に付いた強力粉を洗い流してからホールに出てきた。

「おおーっ、こうして大きな写真で見ると、ますますいいなあ……」

漣は腰に手を当てて、壁に貼られた写真を眺めながら、感嘆の声を上げた。

潮にデータで送ってもらった写真の中から、店内に貼る写真を選んだのは、漣と美咲、そして蒼空だ。漣は中でも海辺の写真が気に入っているようで、その写真が飾られている壁の前で足を止めると、しきりに頷いた。

「この海辺の風景写真さ、俺が小さい頃に家族で行った場所に似てる気がしてさ……見てるとちょっと懐かしい気持ちになるんだよな」

「私はこっちの打ち上げ花火の写真がお気に入りですね。色合いがちょっとナスっぽくてかわいいなーって……」

「ははっ、美咲店長らしい理由だな！　そういえば……この写真を撮った潮さん、祭りの手伝いに来てくれるんだっけ？」

漣の言葉に、美咲はパッと表情を明るくする。

「そうなんです！　二日目だけですけど、休みが取れたので朝から来てくれるみたいで」

「へえ、美咲店長が姉と慕ってる人……どんな人なのか、俺も会えるの楽しみだな」

漣は興味津々といった感じでそう言うと、息をついてから、キッチンへ再び生地作りの続きをしに戻っていく。

ピタパンは焼いてから冷凍保存できるので、祭りの二日間に使う分を今日のうちにまとめて作っておくつもりらしく、作業はまだまだ続く。

「あ、潮ねぇも漣さんに会うの、楽しみにしてるって言ってましたよ」

またありがたいことに、祭り期間中は、皐月と芽生も売り子を手伝いたいと言ってくれたので、お願いすることになっている。

そして数日前に来店した悠馬は、バイト先の楽器店でのナスミン演奏会や体験会の準備で忙しそうだったが、「絶対に限定メニューを食べに来ます！」と鼻息を荒くしていた。

美咲はそんな彼らのことを思い浮かべながら、次の作業に移る。

お祭りのために雑貨屋から新たに仕入れたナスグッズたち。

ナスをモチーフとした風鈴を箱から出し、キッチンカウンターのそばの壁のフックにかける。ナス模様のうちわは、休憩に来たお客さんが扇いで使えるよう、テーブル席の壁際に立てかけておいた。

夏らしい雰囲気を出すためのアイテム、蚊取り線香入れもテーブルにひとつずつ飾った。ちなみにこの線香入れも、丸いナスの形をした、めずらしいデザインのものだ。

そして、彩瀬商店街の夏祭りは、七夕由来のお祭りなので、店内にも笹を飾ることにした。商店街に置かれている大きな竹笹飾りと比べるとかなり小ぶりだが、店内に飾るにはちょうどいいサイズのものだ。

「そういえば……その短冊の紙の色って願いごとによって使い分けるといいらしいって、美咲店長は知ってる？」

お客さんたちが休憩がてら願いごとを書けるように、と用意した五色のナス形短冊――美咲と漣が夜な夜なハサミで切り抜いて自作したもの――を箱に入れ、美咲が各テーブルに並べていると、不意に漣が言った。

「そうなんですか？　全然知らなかったですけど」

「まあ俺もこの前、ネットで七夕飾りのことを調べててたまたま知っただけなんだけど」

漣が、色ごとの違いを説明する。

礼節や誠意を表す赤には、誰かのためになにかをしてあげたいという願い、思いやりと真心を表す青には、人の健康などの誰かを思う願い、誠実さを表す黄には、人との人間関係にまつわる願い、人としての正しい行いを表す白には、人のお手本になったり人を助けたいといった願い、そして知識を表す黒には、学問に関する願いを……と。

「それ、おもしろいから笹飾りの脇に説明を書いて置いておこうかな……」

美咲がふと思いついたことをつぶやくと、漣もすぐに「いいね！」と賛成した。

「美咲店長はどんな願いごとを書くの？」

漣にそう問われた瞬間、蒼空と交わした契約のことをハッと思いだし、黙りこむ。

そういえば、蒼空は最近になってまた背が伸びたり、未来を予知するようになったりと、神力が回復した様子を見せているが、どういう状態になったら願いを叶えてくれるのか、具体的には聞かされていなかったなと気づく。しかし、下手に聞いて蒼空の機嫌を損ねることにでもなったらと考え、美咲は首を小さく横に振り、いったん考えるのをやめた。

「……人に言ったら、叶わなくなりそうなので、秘密です」

美咲がごまかし笑いを浮かべながら答えると、漣は少し寂しげな表情を浮かべた。

「まあ、それもそうだな……」

そうして七夕飾りを店内の壁際に設置し終えると、今度は精霊馬《しょうりょううま》作りに取りかかった。

裏庭の菜園から採ってきたナスと、『やおはち』から買ってきた新鮮なキュウリ、それぞれの足として付ける割り箸と、作業に使う爪楊枝を数本、キッチンから持ってきた美咲は、カウンター席に座って作りはじめる。

「最近の精霊馬って、牛とか馬の形だけじゃなくて、いろんな乗り物にアレンジして作る方がいるみたいですね」

美咲は、ナスに割り箸を差すための穴を爪楊枝で突いて開けながら、漣に話しかける。

「あー、知ってる！　バイクとか飛行機とか、やたら凝った形のやつな！」

「ですです！　かわいくデコレーションされたのとか……」

精霊馬の作り方をネットで調べたときに見た画像を思いだし、美咲は頷いた。

「俺、前に勤めてた洋食屋で、フルーツカッティング……っていう、果物とか食材をなにかに見立てて切るっていう技術を少し習ったことがあるんだけど、きっとあれと似た要領なんだろうな……」

「じゃあ、漣さんなら上手に作れそうですね！　私は不器用だから絶対無理ですけど」

言ってるそばから穴を開ける作業に失敗し、ナスを一本、料理行きにしてしまった美咲は、ため息をつく。

そうしてふたりは分担して準備を進めていたが、夕方四時を過ぎた頃、突然、店のドアが叩かれた。

見れば、商店会の会長を務めている『肉のもぐもぐ』店主のおやっさんと、『やおはち』のおばちゃんが焦った様子で立っている。

「おふたりとも、どうかしたんですか？」

「大変なんだよー。今日の三時に届くように手配してたナスが、実はまだ届いてなくてさ！　さっき運送業者に問い合わせてみたら、道路が事故で渋滞しちゃってるから、何時になるかわからないっていうんだよ」

おやっさんはいつになく困っている様子で、額に浮かんだ汗をぬぐいながら言った。

「うちの店で別ルートで仕入れといたナスが少しあるにはあるんだけど、各店舗に配ろうと思ってた分が全然足りなくてね……もしおたくのカフェの裏庭で育ててるナスで、収穫できそうなのがあれば、少しでいいから分けてもらえないかしらと思ったのよー」

おばちゃんは申し訳なさそうにそう言って、顔の前で手を合わせた。

「も、もちろんかまわないです！　じゃあ、すぐに裏から採ってくるので、ちょっと待っててくださいね！」

「ありがとう、美咲ちゃん！　助かるよー！」

「いえ、困ったときはお互い様ですから！」

「じゃあこれ、各店舗で必要な本数のリストなんだけど、参考に渡しておくわね」

「はいっ！　じゃあまたのちほど、お持ちしますので待っててください」

そう言って踵を返すと、すぐ漣に事情を伝える。

「わかった、そういうことなら俺も収穫手伝うよ。あと、蒼空も呼んできて……」

と言いかけた瞬間、パントリーから突然にゅっと、蒼空が顔を出した。

「なんやなんや、問題でも起きたんか？」

そう言う蒼空はどこか楽しそうな表情を浮かべ、声を弾ませている。

「届くはずだったナスがまだ届きそうになくて、みんな困ってるみたいなの。それでね、うちの菜園のナスを収穫して配ろうと思ってるんだけど……」

焦る気持ちをなんとか抑えつつ状況を説明すると、蒼空がニヤリと笑った。

「そういうことなら……」

唐突に、そしてちょっと格好つけながらパチンと指を鳴らした蒼空は、意味ありげに裏庭へ視線を送る。

「これでどうや！　ほれ、はよ裏庭に行ってみー」

なにが起きたかわからないまま、蒼空の言うとおり裏庭に出てみた美咲と漣は、そこに広がる光景に目を疑った。

「うっわ、なにこれ!?　すごい数の実がなってるんだけど！」

「これ、蒼空がやったの……？」

見れば、それぞれのナスの苗に、これでもかという量の実がぎっしりとなっている。

「これでもまだ足りひんって言うんやったら、また声かけてな～！　俺様はちょっと疲れたから上で寝てくるわ～」

蒼空はそう言って大きなあくびをすると、見えない二階へ消えていった。

「あ、ありがとう、蒼空！」

「助かったよー！　あとで好きなもん作ってやるからなー」

驚くあまりお礼を言うのを忘れていたふたりは、慌てて蒼空の消えていったほうに叫ぶと、すぐに収穫に取りかかった。

「こ、これ……採っても採ってもまだたくさんあるんだけど……」

「じゃあ俺、ひとまずこの箱を、『やおはち』さんとこに届けてくるよ！」

「うん、お願いします！」

そんなやり取りを重ねること数回——。

「美咲店長、今日のところはさっき持ってった分で、とりあえず足りるってさ！」

「了解！」

結局、段ボールに山盛り五箱分届けたところで、怒濤《どとう》の収穫タイムはようやく終わりを告げたのだった。

そしてホッと一息ついたのもつかの間。キッチンで仕込み作業をしていた漣が「げっ！」と不穏な声を上げた。

「ど、どうしたんですか？」

またなにかトラブルでも起きたのかと、美咲が慌てて尋ねると、顔を引きつらせた漣がキッチンのほうへ来るよう手招きした。

すぐに行ってみると、漣が製氷機を指差してため息をついた。

「やばい、製氷機が故障してる……」

「えっ！　じゃあ、氷が作れないってことですか⁉」

美咲の悲鳴のような問いに、漣が静かに頷く。

「前にバイトしてた居酒屋でも製氷機が壊れたことがあってさ……中とか確認した感じ、そのときとまったく同じなんだよね……」

「ど、どうしよう、氷がなかったら冷たいドリンク出せないですよね……」

そこへまた、のぞき見でもしているのかというタイミングで蒼空が顔を出した。

「ふっふっふ、なんやまた問題起きたか？」

あやしげな笑みを浮かべ、やはりこの状況を楽しんでいる様子の蒼空に、漣と美咲は顔を見合わせて苦笑いする。

「せ、製氷機……氷を作る機械が壊れたみたいなんだけど……」

「さすがにナスとは関係ないから、蒼空にはどうしようもないよな？」

美咲が状況を説明し、漣が恐る恐るそう尋ねると、蒼空は再び指を鳴らそうとして手を上げる。

「氷が欲しいんやな？　それなら、大粒の雹《ひょう》でもこの辺一帯に降らせたらええか？」

サラッと恐ろしいことを提案され、漣と美咲は慌てて止めに入った。

「わー、雹はダメ！　それ絶対ダメ！　危ないからっ！」

「待て待て、普通に電器屋のおっちゃんに来てもらうから！」

「……なんや、つまらん」

「いやいやいや、さすがに……っていうか、蒼空！　実はお前、暇しててさっきからずっとどこかから俺らのことのぞき見してるだろ！」

漣のツッコミに、蒼空は目を泳がせ、下手っぴな口笛を吹きはじめる。

「なんのことや〜。あ、せや漣、あとで俺様の好きなもん作ってくれるて言うてたよな？　なに作ってもらおかな〜」

そんなやり取りを経て、商店街にある電器屋の主人に来てもらうと、意外にも中の部品を少しいじっただけで直ってしまい、事なきを得たのだった。

しかし、そうこうしているうちに時間は無駄に過ぎていき、美咲は半泣き状態になっていた。

「間に合わない〜、これ絶対間に合わないよ〜」

「大丈夫だって。少なくとも俺が担当してる分……ピタパンとナスピザの生地作りはもうすぐ終わるしさ、初日は最悪そのメニューだけで回せばいいわけだし、ね？　ちょっと、落ち着こうよ、美咲店長」

キッチンに立っている漣は冷静にそう言うが、カウンターテーブルにたくさん置かれた小さな耐熱カップに、ムサカの具——食べやすいよう半月切りにしたナス、ミートソースとホワイトソース、最後にたっぷりとチーズ——を順番に重ねて敷き詰めている美咲の耳には届いていなかった。

ちなみに今、美咲が作っているギリシャ料理のムサカは、試作を重ね、小さな耐熱性の使い捨てカップに入れて焼き上げることで取り分けの手間を省けるだけでなく、お客さんも食べ歩きやすい仕様に改良されている。もちろん、スプーンで食べやすいように、ナスの大きさはすべて一口サイズになっている。

「そもそも！　ナス祭りの言いだしっぺの蒼空が、なんで全然手伝ってくれないのよー。トラブルが起きたときだけ、楽しそうにやってきちゃってさ！　もうっ！」

確認しに行く時間が惜しいので見たわけではないが、今もおそらく二階の庭で昼寝しているに違いなかった。

「まあまあ……ナスをたくさん実らせるのに神力使って、疲れたんじゃないの？」

「いーえ、さっきは雹を降らせるとか言ってたし、漣さんが作ったまかないのピタパンも食べたんですから、絶対にもう回復してるはずです！」

「ははっ、美咲店長でも怒ることなんてあるんだ、めずらしいね」

「えっ、あ……そうですね……」

そういえば、ここ半年、腹を立てた記憶がなかった。落ち込むことはたくさんあったが、いつも必死になにかを考えたり、動き回ったりしていたせいか、怒りの感情を忘れていたようだった。

「前はよく姉妹ゲンカしてたのに……」

そう言いながら懐かしさを覚えた美咲は、ハッとしてムサカの具を詰める手を止めた。

「へえ、ケンカすることなんてあるんだ？」

「……ええ、まあ……って、もうこんな時間！」

この時点で時計の針は五時半を回っていたが、美咲は作業スピードをどんどん上げていき、六時ちょうどに、ムサカの仕込みをすべて終えたのだった。

「よしっ、あとの料理の仕込みは当日じゃないとだめだから、今日のところはこれでおしまい！」

「こっちも終わったよ～。お疲れ！」

冷凍庫と冷蔵庫に生地をしまい終え、カウンターから出てきた漣と美咲はハイタッチをしてお互いをねぎらいあう。

「じゃ、後片付け済ませたら、明日に備えて今日は早めに帰って休むとしようか！」

「ですね。今日もいろいろありがとうございました！」

「こちらこそ、明日から二日間、頑張ろうな！」

「はいっ！」


漣が帰っていったあと、店にひとり残った美咲は、店内装飾のチェックや、使い捨て容器類の在庫と、釣り銭の確認、裏庭の見回りを改めて終え、ホッと息を吐いた。

さて帰ろうかと、パントリーで着替え、お手洗いを済ませてホールに戻ろうとしたところで、ふと話し声が聞こえた。どうやら潮と蒼空がホールで立ち話しているようで、妙に親しげな雰囲気に美咲は首を傾げる。

「なんや、潮のねーちゃん、来るんは祭りの二日目じゃなかったんか？」

「うん、もちろん明後日も来るけど、今日は仕事が早めに終わったから、ちょっと寄ってみたの」

「あー、なるほどなー。それはそうと、この前はホンマ助かったで！　おかげさんで、『ハピナスチャージ』は大人気や」

「おー、それはよかった！　にしても、ちょこっとSNSで宣伝しただけなのに、意外とお客さん来てくれるものなのね～。なにはともあれ、私もカフェの売り上げに少しは貢献できたみたいで嬉しいわ」

「せやな！　またなんかあったら、そんときはよろしく頼むわ～」

「もちろんよ、蒼空っちこそ、例の件、よろしくね！」

「おう、まかせときー！」

「……ちょっと、ふたりともそこでなにコソコソ話してるのよ？」

美咲の登場に、ふたりは一瞬、顔を見合わせてから揃ってイタズラな笑みを浮かべる。

「ひ・み・つ」

「ヒミツや。ほな、潮のねーちゃん、また遊びに来てや～」

そう言うと、蒼空は逃げるようにして姿を消した。

「潮ねぇ、いつの間に蒼空と仲良くなったの？」

「うん、まぁねー。ほら、神様と仲良くしておくと、写真家としてはいろいろ助かることとかあってね～」

その言葉に、美咲は蒼空が雹を降らせることができると言っていたのを思いだす。

もしかすると、撮影時に天候を調整してもらったりできるのかもしれない。

「ふぅん。まぁ、いいけど別に……」

美咲はほんの少しふたりの関係に嫉妬したものの、それ以上深く聞くことはせず、久々に潮と会えたことを素直に喜ぶことにしたのだったが――。

潮の顔を見たらホッとして急に気が抜けたのか、軽いめまいを起こしてふらついた。

「……っ」

「ちょっとあなた、大丈夫？」

「あ……うん、これくらい、いつものことだから平気平気！」

美咲はそう答え、潮に気を遣わせないよう、すぐに頬を引き上げて笑う。

が、潮は美咲の腕を掴むと、カウンター席に無理やり座らせた。それから自分も隣に腰を下ろすと、美咲の頬を両手ではさむように包みこみ、おでこ同士をコツンとくっつけて、穏やかな声で告げる。

「こーらっ、私にまで無理して笑わなくていいのよ、な・つ・み」

「……っ！」

本当の名前で呼ばれた瞬間、まるで仮面を剥がされたかのように一瞬にして素の自分に戻った。体からフッと力が抜けると同時に、涙腺が緩んで視界がゆがむ。

「……あーあ、やっぱ潮ねぇの目はごまかせないかぁ」

「ばか、ごまかす必要ないって言ってんのよ」

おでこが離れると同時に頭をクシャっと撫でられた夏実は、自分が今泣いているのか笑っているのかわからないなと思った。

「あなた、ちゃんと食べてるの？　少し痩せたんじゃない？　ちゃんと寝てる？」

「んー、栄養ドリンクは欠かさず飲んでるよ。一応、少しは眠れてるし……」

「ああもぅ、そんなになるまで無理しちゃだめじゃない！」

「だって……私には頑張ることしかできないんだもの！」

これまでためこんでいたなにかが、あふれてくる。

「蒼空はいつの間にか、私よりもずっと商店街のみんなと馴染んでいるし、漣さんはなんでも軽々とこなしていくし、悠馬さんもスランプ抜けて生き生きしてるし、皐月さんも芽生さんも夢に向かって輝いてる。なのに私だけが、いつまでも失敗ばかりで、気遣いもできなくて……やっぱり私は、カフェの経営なんて向いてなかったって」

毎日、うまくいかないことばかりで、ちっとも前に進んでいる気がしない。

泣くのはやめた。泣いていてもなにも解決しないと思ったから頑張って一歩踏みだしてみた。なのに結局、中途半端に踏みだした足は宙で止まったまま。いつになったら着地できるのか、わからないまま。そろそろ限界が来たのかもしれない。

「私じゃやっぱりダメなのかも……って。私はどう頑張っても、美咲みたいになれないの。名前を変えたくらいじゃ、なにも変わらなかったんだよ、やっぱり……」

二月の冷たい雨が降っていたあの日、双子の姉の美咲は事故に遭って駅前の総合病院に運びこまれた。それから毎日、いつ意識が戻るかわからない美咲のそばで泣き続けていた。

生まれたときからいつも一緒で、もうひとりの自分あるいは半身として、感情まで共有しているのではないかというくらい仲良しだった。

でも、性格はちょっぴりちがった。美咲は夏実よりも少し器用で明るくて人前に出るのが好きな子なのに対し、夏実はそんな双子の姉の後ろにいつも隠れていた、消極的で甘えん坊な子。

まるで、カフェに来ているあの双子姉妹そっくりで。だから、お店に皐月と芽生が入ってきたときは、まるで自分たちの昔の姿を見ているようで、驚いて、それから羨ましかった。またあんな風に、美咲と一緒に笑い合ったりできる日が来るのだろうか、と考えるたび、胸が苦しくなった。

夏実が今していることは、ただ美咲を名乗って演じているだけ。

美咲と代わってあげたいと夏実が漏らした言葉に対し、潮は言った。

――そんなに代わりたいなら、あなたが美咲になって過ごしてみたらいいじゃない？美咲になったつもりで、彼女がやりたいと思いそうなことを、いつも彼女がふるまっていたように、明るい美咲になりきってやってみなさい。

この提案に乗った夏実は、以前から姉妹で開くことが夢だったカフェをオープンさせるべく、六年近く勤めた会社を辞め、美咲として暮らしはじめた。

心配する両親を説得して、カフェ開店に協力してくれたのは、祖父の庄一と潮のふたりだった。

あれから半年――いまだ目覚めぬ美咲に毎晩のように会いに行き、その日あったことを報告していた。まったく反応を示さない姉のひんやりとした手を握りながら、最近はふと考えるようになった。

茄子神様に叶えてもらいたい願いはただひとつ。美咲を目覚めさせてください――。

そのためならなんでもする。そう考えて、走り続けてきた。

けれど、本当は願いなんて叶えてもらえないのではないか。ここは美咲を助けたい一心で、夏実が頭の中で都合のいいように想像して作り上げた夢の世界で、『茄子神様』なんて現実には存在しないのではないか。だから、蒼空の名前は昔、美咲と一緒にぬいぐるみに付けたソラと同じで、見た目もそっくりなんだ、と妙に納得してしまい、それと同時に、もしこれが夢だったら願いを叶えてもらえず、美咲の意識は戻らないまま……そう考えたら急に夢から覚めたくない、と怖くなった。

覚めてしまったら、自分にはもう美咲を救える術はなにもないのだから――と。

「ねぇ、夏実は精霊馬にまつわる話って知ってる？」

唐突な質問に、夏実は首を横に振る。が、すぐに潮の視線の先にあるものを見て、「ああ」と納得した。

店内のカウンターや各テーブルの端に飾られているのは、夕方、夏実が何度も失敗しながら、一生懸命作ったものだ。

「お盆のときに用意する、飾りのお供えモノだよね？」

「そうなんだけど……まず、ご先祖さまには、足の速そうなキュウリの馬に乗ってきてもらって、早くお迎えするの。でもなるべく地上に長くいてほしいから、帰るときは歩みの遅いナスの牛に乗って還ってもらうのよ」

「……そう、なの？」

でもその話がいったいなんだというのだろう。

夏実は潮の話の意図が掴めずに、窺うような視線を返した。

「ここはナスをメインにしたカフェでしょ。だからね、歩みが遅いナス牛に乗っているとでも思えばいいじゃないの。鈍くさいあなたが焦って慌てて、キュウリの馬に飛び乗ったって、振り落とされてケガするだけよ」

「ナス牛に乗ってる……？」

「そう。急がば回れ、歩みの遅い亀だって、兎に勝てるのよ。ちゃんと前を向いて、どんなにゆっくりでも、進もうって気さえ忘れなければ、ね」

「でも……私が名前を偽ってること、みんなが知ったらきっと……」

「あら、嫌われるとでも思ってるの？」

こくん、と頷く夏実に、潮は意外そうな顔をした。そのあとすぐに、立てた人差し指を口元に押し当てた。

まるで、内緒話でもするかのように。

「じゃあ、私が本当は『潮』って名前じゃないって言ったらどうする？」

「え？」

「私、本当の名前は、汐っていうのよ。那須、汐……」

「……しお？」

突然なにを言いだすんだと、夏実はポカンと親友の顔を見返し、目を瞬かせる。

「ほら、私も嘘ついてたことになるけど、夏実はこれで私のこと、嫌いになった？」

名前が違うだけで、目の前にいる親友が、別人に変わったわけではない。

夏実はそう思い、何度も大きく首を横に振った。

「嫌いになんてならないよ。だって、潮ねぇは潮ねぇだもの」

「でしょう？　ほら、ちゃんとわかってるじゃないの。大切なのは『名前』じゃなくて、あなたが今までなにをしてきたかでしょ？　あなたの頑張りは、みんなちゃんと知ってると思うわよ。嘘だと思うなら、聞いてみればいいじゃない」

「でも……蒼空が、〝名前〟は大切だって」

ふざけてちがう名前で呼んだりすると蒼空は本気で怒るのだ。これは特別な名前だから、と彼は言う……名前はそれだけ、大事なものだ、と暗に言っているのではないか。

「そうね、それだって本当よ。だから、自分だけの名前を大切になさい。美咲の名は美咲のもの、夏実の名はあなただけの、ちゃんと意味があって付けられたものでしょう」

美しい花を咲かせるように『美咲』。そして暑い夏、厳しさの中でもしっかりと実を結ぶように、との願いを込めて付けられた『夏実』という名前。

家の庭で母親がはじめて育てたナスの花が美しく咲き、立派な実を付ける頃に生まれた姉妹だったという。

「それによ、美咲の性格をよく思いだしてごらんなさい。あの子だったら、このまま嘘をつき続けると思う？」

美咲はどんなときもまぶしいくらいにまっすぐで、そしてなにより、嘘が嫌いだった。

「ううん、美咲はそんなこと絶対しない。ちゃんと言う、と思う」

たとえ言ったことで相手に嫌われても、美咲なら堂々と胸を張って笑っていそうだ。

「でも、じゃあ……なんであのとき、美咲として過ごせなんて……」

「ただのきっかけよ。あなたが一歩を踏みだすための、ね。大丈夫よ。もしみんなに嫌いだって言われたとしても、私は夏実のことが好きよ。それはずっと変わらないから、それだけは忘れないで」

変わっていくものと、変わらないもの――どちらも愛しいと、夏実はふと思った。

「潮ねぇ……ううん、汐ねぇ？」

「ん？」

「私も……汐ねぇのこと、大好きだからね」

「あら、ありがと」

汐にぎゅっと抱きしめられた夏実は、ふと、あることに気がついた。

「……あれ？　ちょっと待って、さっき……汐ねぇの苗字、なんて言った？　なす、ナス……那須⁉　って、まさか、ここの大家さんの、ううん、漣さんの……お姉さん⁉」

「あら、私ってば、うっかり苗字言っちゃったわね。うふふふ、気にしないで」

「え、いや、ちょっと、うふふふじゃなくて……じゃあ、漣さんのこと、知ってたの⁉」

まさか姉弟だと思わず、いろんなことを話していた気がして、夏実は慌てる。

「ほらほら、そういうの、気にしないでって言ってるじゃない。誰と誰が姉弟だろうと、私は私でしょう？」

「そ、それに、漣さんが、潮ねぇに会えるのを楽しみにしてたけど……え？　どういうこと？」

「まあ、親が離婚してからは姉弟ずっとバラバラに暮らしてたからねー。連絡も全然取り合ってなかったし、会うのなんて何年ぶりだろう？」

カラカラと笑う汐に、夏実はポカンと口を開けるのだった。


八月十七日。金曜日、朝五時半――。

ナス祭り初日を迎え、エッグ・プラネット・カフェでは朝早くから、夏実、漣、庄一の三人が仕込み作業に追われていた。

「ごめん、庄じぃも小ナスに切りこみを入れるの、手伝ってもらってもいいかな？」

「もちろん、みーちゃんのためなら、この老いぼれ、どんなことでも！」

「……うん、ありがとう」

ふたりが用意しているのは、フィリピン料理の『リエノン・タロング』用の小ナスだ。試作した際、普通サイズのナスでは食べづらかったため、また、ムサカ同様、食べ歩きしやすいように小ナスを使ったミニオムレツへと変貌をとげることになった。

切りこみを入れておくのは、焼いたときに少しでも火が早く通るようにするためであり、蛇腹状にして押しつぶして焼くことで、ナスの形を残したままのオムレツにできるからだ。

一方、漣は『ナスペースト』を作り終えたあと、『ナスピザ』の具――食べやすいサイズに切ったナスとトマトとモッツァレラチーズも準備し終え、今は『ナスフリッター』の衣を用意している。

悠馬から提案のあった『ナスピザ』は、持ちやすいように形はケーキ形ではなく正方形に切って出すことになっていたり、『ナスフリッター』は、当初考えていたとおり、ナスを細長く切って揚げたものを紙コップに入れることになっていたりと、それぞれお客さんの立場に立って考えたメニューになった。

そしてドリンクは、ノンアルコールの『ナスパークリングワイン』を赤と白、それぞれ数量限定で販売するほか、カフェの宣伝も兼ねた簡易版のアイスナスラテ――芽生に描いて作ってもらった店のロゴキャラのステンシルを使えば、ココアパウダーを振るだけで、誰でも簡単にラテアートができる――と、レモン果汁を入れると綺麗な紫色に変化するという不思議なアイスハーブティーを販売することになっている。

そうしていよいよ祭りがはじまる午前十時、数分前――。

いつもは、白いシャツにデニムなどのパンツルックで、茄子紺色のバンダナ帽と胸当てエプロンというスタイルだったが、今日は全員、浴衣に着替えた。

白地にナスの葉と実が大きく描かれた浴衣を着て、髪をアップにして簪《かんざし》で留めた夏実。

漣と庄一と蒼空は、祭りのためにお揃いで新調した茄子紺色の浴衣に黄緑色の帯を合わせた米ナスカラーだが、漣は調理をするので、たすき掛けをしている。

そして夏実は、『夏実』だと名乗るのは祭りのあとにすることに決めていた。今は祭りを成功させるため、みんなで力を合わせるべきときだからだ。

「じゃあみなさん、二日間、盛り上がっていきましょう！」

たまには店長らしく、夏実がそう声をかけ、いよいよナス祭りがはじまった。


一日目の昼過ぎ――。売り子を手伝ってくれることになっていた皐月と芽生が、艶《あで》やかな浴衣姿でカフェを訪れた。

「こんにちはー！　お祭り、予想以上の人出でにぎわってますねー！」

道すがら『やきやきたこはち』で買ったナス入りお好み焼きを片手に、そう言ったのは皐月だ。白地に大きなヒマワリ柄の浴衣に、赤い帯を締めた姿。いつも元気な彼女らしい。

「なんか、あちこちに自分がデザインしたポスターとか貼られてるの見ると、恥ずかしくて仕方ないんですが……」

　やや挙動不審になっている芽生は、そう言いつつもデザイン協力したナスタンプラリーの冊子をちゃっかり持っている。そして、浴衣は皐月と同じヒマワリ柄ではあるものの、濃紺地に白い帯を締めていて、控えめな性格が表れていた。

「わあ、店長さんの浴衣姿、めっちゃかわいいですね！　あ、今日は手伝いながら、楽しませてもらいまーす！」

「皐月、年上の店長さんに向かってかわいいとか失礼だよ。でも本当に、すごく素敵です！　わ、わたしも今日は少しでも力になれるよう頑張りますね！」

　夏実は双子の姿に懐かしいものを感じながら、笑顔で答える。

「おふたりとも、ありがとうございます、今日はよろしくお願いしますね！」

　悠長に話していられたのは、このときまでだった。

　店の前の特設スペースで販売したエッグ・プラネット・カフェの祭り限定メニューは、どれも飛ぶように売れ、予想よりも遥かに早い午後四時にはすべて完売してしまった。

「あちゃー、読みが甘かったなー」

「でも、まさかこんなに大勢の方がいらしてくれるなんて……」

　店の前での販売が終わったあとも、店内は無料の休憩スペースとして開放していたので、たくさんの人たちがくつろいでいる。

「ビックリだけど、やっぱ嬉しいよな！」

満足そうな漣に、夏実は大きく頷き返す。

「明日も頑張りましょうね！」

「もちろん！……っと、そういえば、明日なんだけど……」

不意になにかを躊躇うように言葉を区切った漣は、「よしっ」となぜか気合いを入れてから、話を続けた。

「明日の夕方さ、ちょっとの時間でいいから、一緒に祭り会場を見て回らないか？」

「えっ……あ、はい……でも、店のほうは……」

「それなら大丈夫、庄一さんと皐月さんたちが任せろって、言ってくれたんで。それに、悠馬のナスミン演奏会がどうなったのか、一緒に様子を見に行きたいしな」

「そうですね……」

夏実は少し考えてから、頷き返す。

「私も……漣さんに少しお話ししたいことがあったので、ちょうどよかったです」

「あ、そうなんだ？　じゃ、じゃあそういうことで、よろしくな！」

漣はそう言ってそそくさとキッチンに入っていくと、今日売り切ってしまったピタパンとナスピザの生地を追加で仕込みはじめる。

一方の夏実は店内を見回り、落ちているゴミを拾ったり、飾りを並べ直したりして綺麗に整えていった。

その途中、夏実はお客さんから「すみません」と声をかけられて足を止めた。

「はい」

「あのー、ここって普段はカフェをやってるんですよね？　今日はそのメニューって食べられないんですか？」

「申し訳ございません。本日と明日はお祭り限定メニューのみとなっておりまして……」

いつもならここで会話を終えてしまう夏実だったが、ほんの少し勇気を出して、もうひと言、添えることにする。

「よろしければ通常営業の日に、ぜひまたいらしてください」

そう言いながら、芽生がデザインしてくれたショップカードをサッと手渡す。

「へえ、このカードもかわいいですね！　じゃあ、また来ます！」

「はい、お待ちしております！」

そうしてカウンターの中に戻ろうとしていると、お客さんとのやり取りを見ていた庄一に肩をポンと叩かれた。

「今の対応はバッチリじゃったよ。それと、ちょこっとだけ、美咲《みー》ちゃんっぽかったけど……いつ、夏実《なっ》ちゃんに戻るんじゃろなぁ。そろそろかのぅ……」

誰にも聞こえないよう、耳元でそっと囁いた祖父の言葉を、美咲、いや夏実はありがたく受け止めて胸の奥にそっとしまう。

「庄じぃ……ありがとう」

こうして、一日目は大盛況のうちに終わり――。

迎えたナス祭り二日目の朝――。

「おはようございます！　潮、もとい、那須汐、祭りの手伝いに参上しました！　今日は一日よろしくお願いします！」

店のホールに集まった一同の前で、モスグリーンの半袖シャツとデニムといういつもと変わらぬラフな格好で現れた汐は、元気よく挨拶した。

「……って、ええっ⁉　ま、待って、汐って……まさか、汐姉ちゃん⁉」

漣が動揺する姿を、夏実は「めずらしいとこ、見られたなぁ」と、驚きながらも新鮮に感じていた。

「そうよ、汐姉ちゃんよ。にしても、あんなにちっちゃくてかわいかった漣が、すっかりおっさんになって……姉ちゃんはちょっと悲しい……」

「おっさん言うな！　俺、まだかろうじて二十代だからっ！」

何年間も会っていなかったとはいえ姉弟は姉弟だ。夏実が少し期待していた感動の再会シーンにはならなかったけど、ふたりはすぐに打ち解けた。

そして双子姉妹が来る昼頃までは、店の前での売り子を汐と夏実が、キッチンを漣が、店内の見回り役と漣と夏実の間の伝言係を庄一と蒼空が担当し、前日に引き続き、全員が朝から忙しく動き回っていた。

店の片隅に置いておいた夏の風物詩の写真ポストカードが、残すところ数枚となった昼下がり――。

カフェのはす向かいにある楽器店から、悠馬が駆けだしてきた。

「店長さん、お疲れさまです！　今日はまだ残ってますよね？」

昨日の夕方遅くにやってきた悠馬は、祭り限定の特別メニューがすべて売り切れたことを知ってショックを受けていた。それもあってか、今日は早めに休憩に入らせてもらったらしい。

「はい、悠馬さん。どれもまだたくさんありますから、そんなに慌てず、ゆっくりお好きなのを選んでくださいね」

夏実が笑顔でそう言うと、悠馬はパッと表情を明るくした。

「じゃあ、全部ひとつずつください！」

「あはは、キミ、やるねぇ！」

「だって、この店のメニューがおいしいことは、僕が一番よく知ってますから！」

汐に笑われても、堂々と胸を張って答える悠馬の様子に、通りかかった人が「なになに？あの店そんなにおいしいの？」と近寄ってくる。

そうやって人が人を呼び、あっという間に店の前に長蛇の列ができていく。

「うっわ、このフライ……え？　ナスのフリッター、すっげぇうまいんだけど！」

「見てみて、このオムレツ、小さいナスが入ってんの、かわいいし、おいしいよ～」

「ナスパークリングワイン？　なにそれー、おもしろそう！」

「つーか、ナス祭りっていうから何事!?　と思ってきてみたけど、ホントにあっちこっちナスだらけなんだな！　俺はナス好きだからいいけど〜」

「ねえ、向こうにテレビ局が取材に来てるんだって！　映りに行く〜？」

祭り限定メニューを販売していると、買ってくれた人の感想や、通り過ぎていく人たちの会話が聞こえてきて、夏実は少しドキドキしていた。

七月のはじめ、予算がないとみんなで困っていたのが嘘のような盛況ぶりに、感慨深いものを感じ、思わず口元がほころぶ。すると、店の前で立ち食いしていた悠馬がふと夏実のほうを見て目を瞬かせる。

「あれ？　店長さん、ちょっと雰囲気変わりました？　なんかいつもより明るい顔してるような……？」

「えっ、あー……そうですかね？　そ、それより、夕方、漣さんと一緒にナスミンの演奏聞きに行きますから！　楽しみにしてますね」

「うわっ、はい！　なんか照れくさいですけど、お待ちしてます！」

すべてのメニューを平らげた悠馬が楽器店に戻っていこうとしたとき、駅のほうから双子の姉妹が歩いてくるのが見え、夏実は「あっ！」と思わず声を上げてしまった。

芽生が以前、毎日欠かさず読んでると言っていたブログ記事の書き手、ルマこと悠馬とまさに袖がすり合いそうなほどの距離ですれ違う。

その光景を見た瞬間、いてもたってもいられなくなった夏実は——。

「は……るまさん！　ナスミンの演奏、頑張ってくださいね！」

そう叫んだ瞬間、悠馬が驚いた様子で振り返り、そして芽生の視線が彼をとらえた。

「えっ、もしかして、ルマくん……？」

「えっ⁉　な、なんで僕のハンドルネームを……？　あっ、もしかして！」

ワタワタとしながらも話しはじめたふたりの様子を、夏実は微笑ましく見つめる。

それを見ていた汐は、なにかを察してニヤリと口元に笑みを浮かべた。

「青春ねー。若いっていいわねー。夏実も、意外とお節介なとこあるのねー」

「あっ、えっと、なんのこと？」

「すっとぼけてもバレバレ！」

双子に売り子をバトンタッチしてからも、カフェの祭り限定メニューは次々と売り切れていき――。

「ムサカとナスピザ、ラス1、でーす！　ほかは完売しました〜！」

すっかり慣れた口ぶりで売り子をしていた皐月が言った数分後、ドリンクを含めたすべてのメニューが完売したのだった。

「おおーっ、すっごいじゃん！」

予想よりも早く完売したことをみんなで喜んでいると、「そういえば」と皐月が切りだす。

「店長さん、祭りのほかのとこ、漣さんと見に行くって言ってませんでした？　片付けはみんなでやっておくんで、行ってきていいですよ」

「えっ、でも……」

皐月の提案を申し訳なく感じた夏実は言葉を濁す。そんな煮え切らない夏実の背中を叩いたのは汐だ。

「商店街の様子を見に行くのも、店長の大事な仕事でしょ！」

「あ、じゃあ、お言葉に甘えて……」

そこまで言われてようやく夏実はキッチンにいる漣を呼び、商店街の挨拶回りも兼ね、ナス祭りに繰りだそうとしたのだったが――。

「なんや、俺様も連れてけやー！　二日間、手伝い頑張ったご褒美、期待してるで！」

そう言うと、蒼空は漣と夏実の間に割りこむようにしてくっついてきた。

最初に行ったのは楽器店――悠馬のナスミン演奏会と体験会だ。

楽器店の二階の端にある小さなライブスペースを使った、二十分ほどのミニコンサートだったが、悠馬は短期間で身につけたとは思えぬ演奏技術を披露し、最後はお客さんたちもノリノリで一緒になって歌ったりと、大盛り上がりだった。

演奏会後――。

「悠馬さん、すごいですね。なんかすっかり新境地を開いちゃった感じ……」

「このままテルミン奏者になっちゃったりしてなー」

「いや、テルミンやなくて、悠馬の兄ちゃんは、世界初のナスミン奏者やで！」

「もう、三人とも、恥ずかしいですから、その辺で勘弁してくださいよ～」

演奏会後、そんなやり取りをしながら、三人もナスミンをいじってみたり音を鳴らしてみたりと楽しませてもらった。

楽器店を出たあとは、祭り会場を端から順に見ていった。

「これ、蔓花茄子《つるはななす》っていう花なんだけど、よかったら祭りの記念にもらっていって」

花屋『チェリー』の店長にそう言われて花束をもらい、

「よっ、美咲ちゃん、いらっしゃい！　前に蒼空くんに聞いたんだけど、うちのコロッケとメンチカツが大好物なんだって？　今日は青ナス入りのスペシャルコロッケもあるから、みんなまとめて持ってきな！」

『肉のもぐもぐ』のおやっさんには、揚げたてアツアツのコロッケとメンチカツがたくさん入った紙袋を渡され、

「美咲ちゃん、あんたが提案してくれた、カラフルなナスの詰め放題、好評だったわよ！　おかげさまで、全部売れちゃった！」

「おー、山科店長！　ナスのお好み焼き、お客さんたちみんなうまいうまいって食ってたぜ！　ありがとうな！」

「ナスジャムソースをかけたカキ氷、あっという間になくなったよー。そういや、製氷機はあれから問題なく使えてるかい？」

「山科ちゃん、金魚すくいじゃなくて小ナスすくい、子どもたちにもママさんたちにも、大人気だったよー」

『やおはち』のおばちゃん、『やきやきたこはち』の店長さん、電器屋の主人、魚屋の店

主から嬉しい報告を聞くことができた。

「美咲さん、ウチの祭りメニューの惣菜パン、ひとつずつだけど取っておいたから、食べてみてね！　おたくの菜園で採れたナス、新鮮でとってもおいしかったわよ！」

『石窯工房サンフラワー』の結にも、惣菜パンをたくさんもらった。

そんな風に、行く先々で声をかけられたり、いろんなものを渡されたりしたので、気づけば夏実と漣と蒼空の両手は荷物でふさがっていた。

祭り会場をだいたい回り終え、商店街の中央に置かれた七夕飾りがたくさん付いている竹の前まで来たとき――。

「美咲店長って、みんなに愛されてるね～」

漣がなにげなくつぶやいた、〝美咲店長〟という言葉を、夏実は静かに噛み締めた。

言うなら、今しかない。

打ち明けようとしたら急に緊張してきて、ゴクリとつばを飲み込んだ。

心臓の音は、漣にも聞こえているんじゃないかと思うほど大きく感じられ、両手のひらに滲んだ汗はひんやりと冷たかった。

「あの……漣さん、お話ししたいことというのは……」

夏実は覚悟を決め、漣のことをまっすぐ見つめる。

その真剣なまなざしをしっかりと受け止めた漣は、静かに話の続きを待った。

「実は私……本当の名前は夏実っていうんです。美咲っていうのは、双子の姉の名前で……今までずっと黙っていてごめんなさい」

そう告白した次の瞬間、漣は深いため息をついたあと、急に笑いだした。

「……!?」

漣に予想外の反応をされた夏実は、わけがわからず呆然とする。

「ごめん、ごめん。でも、あー、よかった……俺、てっきり店長はどっか体の具合が悪いのかと思ってたからさ、実は余命が……とか打ち明けられたらどうしようって、昨日、話があるって言われたときからドキドキしてたんだよ！」

その言葉に、夏実は逆に驚かされて、目を瞬かせる。

「えっ、あの、体の具合……ですか？」

「そう！　最近顔色悪くて無理してる感じがあったし、この前たまたま駅前の総合病院に入っていくとこ見ちゃってさ……そっか、名前……美咲さんじゃないんだ……」

「は、はい……姉の美咲が入院してるのが、駅前の総合病院で、お見舞いに通ってただけなんですけど」

それから夏実は、名前を偽ることになった経緯を漣に話した。その間、漣はなにも言わず黙って耳を傾けてくれた。

「本当にごめんなさい……」

「謝らなくていいよ。ていうか、それで店長は、夏実さんはいつもどこか寂しそうだったんだな。ごめん、俺が頼りないばっかりに、五月からずっと、すごい無理させてたよな」

「そんなことないです！　漣さんがいなかったら、私きっと今日までカフェを続けてこられなかったと思うので……すごく、感謝してます。で、できればこれからも……」

よろしくお願いします——そう言いかけた瞬間、漣はなにかを思いだした様子で、「すっかり、忘れてた！　やばいっ！」と慌てだした。

それから漣は、恐る恐るといった様子で夏実に問う。

「五月から昨日までのカフェの売り上げ累計って……いくらぐらいかわかる？」

唐突な質問に困惑した夏実だったが、昨日、店の片付けを終えて帳簿を付けたときのことを思いだし、うろ覚えながら金額を口にする。

「昨日の時点で四百十七万になりましたけど……それがなにか……あっ！　漣さんのお父様との約束ですね！」

金額を小声で答えてから、夏実は漣がカフェに来た当初、チラッと話していた売り上げ目標の件を思いだした。

「そうそれ！　そうか、四百万いったのか……うん、それならいいんだ」

漣は納得したように頷いてから、スッキリした表情を夏実に向ける。

「店長の名前が美咲だろうと夏実だろうと、俺の想いは変わらない。俺はあなたと一緒に、笑顔であふれる店を作っていきたいんだ。だから……これからもよろしくな！」

夏実は漣から握手を求められ、わずかに躊躇ってから、意を決して、その手を握り返す。

「はい、こちらこそ！」

「……っていうわけで、めでたしめでたし！　やな！」

漣と夏実の間に蒼空が突然割って入り、ふたりはビクッと肩を震わせた。

「ご、ごめん、今ちょっと蒼空がいたこと、忘れてた」

「俺も、すっかり……」

「まあそれはええんやけど……夏実！　俺様にまで名前を偽ってたんはいただけなかった……が、この半年間、見事に俺様の神力を回復させてくれて、おおきに！　おかげさんで俺様……」

蒼空はそう言ってふたりに背を向けたかと思うと、スッと歩きだし、人波の間に消えていった。

「えっ、ちょっと待って、蒼空、どこ行くのっ⁉」

「おい、蒼空っ……⁉」

追いかけようとしたそのとき、不意に強い風が吹き、色とりどりの短冊や飾りの付いた竹の葉が、ザザーッと大きな音を立てて揺れた。

同時に、夏実と漣の頭の中に、蒼空の明るい声が響いた。


――楽しい時間を、ありがとさん！　ほな、またな！

「え？　今のって、お別れの言葉？」

「まさか……な？　まあ、祭りの日くらい、蒼空ひとりで自由に出歩かせてやろうよ」

「それもそうですね」

　とふたりはあまり深く考えなかったのだが、祭りが終わり、店内がいつもの内装に戻っても、蒼空は帰ってこなかった。

　ナス祭りは、例年と趣向がちがったことで地元の広報誌やテレビ局の目に留まり、その宣伝効果もあってか、かつてないほどのにぎわいをみせた。二日間、商店街のあちらこちらで笑い声が響き、笑顔のあふれる素敵な祭りとなり、大成功を収めたのだったが、肝心のナス祭りを提案した蒼空がいなくなってしまった。

「もう、蒼空ってば本当にどこ行っちゃったんだろう？」

「もしかして、二階？」

　と、ふたりがいよいよ心配になってきて、パントリーへ向かおうとしたときだった。

　夏実のスマホが振動して着信を知らせ、なにげなく電話に出ると――。

「こちら彩瀬中央病院です、山科美咲さんのご家族の携帯で間違いないでしょうか？」

　病院からの電話に、夏実は一気に血の気が引いていく感じがした。

「はい、山科夏実です！　あの、姉になにか……？」

「はい、つい先ほど……美咲さんの意識が戻られましたのでご連絡しました」

　告げられた内容に、大慌てでカフェを飛びだした夏実は、病院に向かって駆けていったのだった――。

終章
笑顔とナスであふれる店

Delicious recipes of Egg planet cafe

八月二十日。月曜日、午後一時——。

エッグ・プラネット・カフェの店内は、ナス祭りの余韻にひたる暇がないほど、多くのお客さんであふれていた。

「三番卓、洋風ナスランチセットがふたつと、和風ナスランチセットがひとつ、ドリンクはアイスナスラテふたつ、アイスティーひとつでオーダー入りまーす！」

「承りまーす！　一番卓さんのナストマパスタあがりー！」

「はーい！」

漣と夏実はすっかり息ピッタリで、庄一の手を借りなくても、忙しいランチタイムをなんなくこなせるようになっていた。

「美咲ちゃん、じゃなかった夏実ちゃん。お姉さんのこと、本当に良かったわねぇ。でもこれからリハビリだなんだって、まだまだ大変なんでしょ？　サポートするあなたも、体は大事にするのよ」

「お気遣い、本当にありがとうございます」

「気遣いだなんてそんな！　家族みたいなものなんだから、心配して当たり前よ。じゃあまた来るわね。今日もごちそうさま～！」

会計をしながらそんな会話を交わし、『やおはち』のおばちゃんが帰っていく。

昨日の閉店後、祭りの慰労会と称して、お酒やおつまみを持ち寄ってカフェに集まった彩瀬商店会のみんなと、皐月と芽生の双子姉妹や悠馬に、夏実は名前を偽っていたことを打ち明けた。

嫌われるのではないかと危惧していた夏実だったが、汐の予想どおり、誰ひとりとして夏実を責めることなく、あっさりと受け入れてくれた。それどころか、みんなして入院している美咲のお見舞いに行くとまで言いだした。

商店会の人たちの心の広さと温かさに、夏実は思わず涙をこぼしたのだった。

『やおはち』のおばちゃんが店から出ていったのと入れちがいに、眼光の鋭い男性がひとり、静かに入ってきた。

「いらっしゃいませ！　一名様ですね。カウンター席でよろしいでしょうか」

仕立てのよいスーツを着た、白髪交じりの紳士の顔に、夏実はどこかで見たような……と既視感を覚えたものの、普段どおりにカウンターの空いている席へと案内し、お冷やとおしぼりを置き、メニューブックを差しだす。

「ご注文が決まりましたら、お声がけください」

「わかりました」

男性が短くそう言った瞬間、漣がハッと息をのんで顔を上げた。

「……親父？」

「俺にかまうな。そのまま いつもどおりに続けてくれ。あとで話す」

「あ、ああ……」

漣と男性客のやり取りを聞いていた夏実は、予期していなかった事態に困惑した。

「れ、漣さん……あの方ってもしかして、ここの大家さん……で、お父様？」

「まあ、そうなんだけど……今は気にせずほかのお客さんと同じように対応して」

「はい、わかりました……」

漣の父親は普通の客と同じように『和風ナスランチセット』を頼んで完食すると、食後のコーヒーを飲みながら、客足が引くのを待っていた。

「ごちそうさま、また来ますね！」

「ありがとうございました！　またのご来店、心よりお待ちしております！」

漣の父親以外の客が店から出ていったところで、それまで黙っていた父親が話を切りだした。

「山科さん、どうもはじめまして。私は漣の父親で、ここの大家でもあります、那須渡《わたる》といいます。いつも息子が世話になっているようで……」

「あっ、いえ、とんでもない！　お世話になっているのは私のほうでして……」

厳しそうな雰囲気を漂わせている渡に、夏実はいつになく緊張していた。

しかし、店内を見回した渡は、ふと穏やかな表情を浮かべ、こう告げた。

「漣、ずいぶん楽しそうにやってるようだな」

「まあ、おかげさまで……」

「はっはっは、そう警戒するな。今日は純粋にお前の店……いや、お前と山科さんの店を見てみたくて来たんだ。秘書からこの店のことはいろいろ聞いて知っていたが……本当にいい店を作ったな」

夏実は渡が突然ここへ来た理由がわからず、ひょっとしたら出て行けと言われるのではないかと、ハラハラしていた。しかし、そんな不安は次に告げられた言葉で一掃された。

「約束どおりの売り上げ達成、おめでとう、漣。まさか本当にやってのけるとは……正直、驚かされたよ。いや、それでこそ我が息子！　そんなわけで、約束は約束。この土地と建物はお前に譲るから好きに使いなさい」

「親父……！」

「まあ、お前の手腕は見せてもらったからな、今後を楽しみにしているよ。それから……山科さん、ちょっとした契約の行き違いから巻き込んでしまったようで、すまなかった。これからもよろしく頼みます」

「い、いえ、こちらこそ」

「では、また」

そう言って渡は席を立つと、会計を済ませて静かに店から出ていった。

「あの、漣さん……今のお父様の話って……」

夏実が恐る恐る尋ねると、漣はそれまで詰めていた息をそっと吐き出し、苦笑いを浮かべた。

「俺も細かいこと黙ってて悪かったよ。実は俺の親父って、割と大手のレストランチェーンの社長でさ。前からその会社を俺に継がせようとうるさくて。でも俺は、お客さんとの距離が近い、小さな料理店を開くのがずっと夢だったから、親父とは対立してたんだ」

その話に、夏実は漣の経歴を思いだす。

「もしかしてそれで、大学を中退してあちこち旅をしていたんですか？」

「そう、親父から逃げ回ってたんだ。でも、札幌の洋食店で料理の修行をしてたら、俺が以前から密かに狙ってたこの物件を売却するって話が急浮上してさ……」

慌てて東京へ戻ってきた漣は、父親に会いにいき、直談判したのだという。

「俺がここに開いた料理店で、親父から言われた売り上げ目標を達成できなかったらこの物件は売り払うことになってたんだ。でも、ちゃんと達成できたから……これからは俺が大家ってことになるわけだ」

そう言い肩をすくめて笑った漣に、夏実はぴしりと背筋を伸ばし、数日前の夕方のときとは反対に、自分から手を伸ばす。

「じゃあ、改めて……大家の那須漣さん、エッグ・プラネット・カフェ店長の山科夏実です。よろしくお願いします！」

「おう！　これからも一緒にこのカフェを盛り上げていこうな！　俺たち三人で……」

と言いかけ、漣は視線を宙にさまよわせる。

「……にしても、蒼空はどこに行ったんだろうな」

祭り二日目の夕方、突然姿を消した蒼空は、結局夜になっても、次の日の朝になっても戻っては来なかった。二階で昼寝でもしているのかと思い、ふたりはパントリー内にあるタペストリーを何度もめくってみたが、階段が現れることはなく、ほかに行きそうな所の心当たりがなかったこともあり、捜索を諦めた。きっと、ナスがあふれた祭りで神力がめいっぱいたまり、空へと還っていったんじゃないか——漣と夏実はしんみりしつつそう思うことにしていた。

そして、神棚には漣のまかないご飯と、夏実特製の梅ウォーターを供えるようにして、ありがたく手を合わせるようになった。

「きっとまたいつか会えるって、私は信じてますけどね……」

「そうだな！　じゃあ、蒼空が帰ってきたときにビックリするぐらい、この店をもっと繁盛させようぜ！」

「はいっ、頑張りましょう！」

夏実と漣は決意も新たに、次のお客さんが入ってくるのを待つ。

すると、チリリーン！　とドアが開く音がしたので、ふたりは視線を向け——。

「ただいまー！　今戻ったで！」

軽快な関西弁で元気よく挨拶しながら入ってきたのは、消えたとばかり思っていた少年姿の茄子神様だった。

「蒼空っ⁉」

「えっ、待って、空に還っていったんじゃなかったの……？」

困惑するふたりに、蒼空は確信犯的な笑みを浮かべる。

「いやー、祭りで神力がわんさか溜まった勢いで、ちょっと京都まで里帰りしてきたんや。最近の京都はホンマ、うまいもんぎょうさんあるし、どこもかしこも綺麗んなって、すっかり見違えたなあ……あ、はいこれ、おみやげな」

そう言ってカウンターに置かれた紙袋の中には、水ナスの漬け物がふたつ。

「ケンカせんように、ちゃんとふたつ買うてきたからな！　さて、俺様はちょっと疲れたから昼寝してくるわー」

いつもの軽い調子で言って、再び現れた階段から見えない二階へと消えていった茄子神様に、夏実と漣は顔を見合わせて吹きだす。

「帰ってくるの、はやっ！」

「うん、でも……おかえりなさい、蒼空！」

こうして今日も、エッグ・プラネット・カフェはたくさんの笑顔とナスであふれているのだった――。

余章
むかしむかし、あるところに

Delicious recipes of Egg planet cafe

むかしむかし、ある小さな村に、とても仲のよいふたりの少年がいましたとさ。

ひとりは病弱で色白な領主の息子、もうひとりは健康で色黒な農家の息子。

ふたりは身分など関係なしに、いつもある場所で遊んでいました。

それは、竹林で囲まれた静かな場所にある、『賀茂茄子神社』——五穀豊穣と縁結びを司り、古くから村で祀られてきた神社でした。

少年たちはある日、その神社の境内で、親友の契りを交わしました。

「ずっと、親友でいよう。死ぬまで、いや、また生まれ変わってもや」

そこへもうひとり、ふたりの友情に憧れた、浅黒い肌に紫色の瞳をした少年が現れました。

ふたりは快くその少年を受け入れ、親友の契りを三人で交わし直すことになったのですが、そのときふたりは浅黒肌の少年に名前がないことを知ったのです。

そこで色白の少年は彼に名前をつけてあげようと言いだしました。

「キミの名前は『ソラ』でどうや！」

なんで？　と尋ねる浅黒肌の少年に、色白少年は答えます。

「キミの笑顔は、あの空みたいに輝いとるからや」と。

言われてすぐに彼が浮かべた笑顔は、まさしく青空のごとく、すがすがしいものでした。

けれど、幸せな時間《とき》はそう長くは続きませんでした。

もともと体の弱かった色白少年が、流行り病にかかって亡くなってしまったのです。悲しみに暮れる色黒少年は、その悲しみを分かち合おうとソラを訪ねて、いつも遊んでいた賀茂茄子神社へ行きました。

そこで色白少年は、ソラの正体を知ってしまいます。

ソラは、人間の姿に化けた賀茂茄子神社の神様だったのです。

「なんで、神様なら彼を病から救ってくれなかったんや！」

泣き叫ぶ少年に、ソラは答えます。

「僕には力がなかったんや……堪忍しとくれやす」

その紫色の瞳からも大粒の涙がこぼれました。

そこでソラは少年と、ひとつだけ〝約束〟をしました。

「彼を救うことはできひんかったけど、生まれ変わても、きっとまた会えますように。僕がキミたちふたりをみつけて、その縁を結ぶから」

縁結びを司る神様としてソラができるのは、それだけだったのです。

それから、百年、二百年と、永い永い時間が過ぎてゆきました。

しかし、ふたりはなかなか生まれ変わってくれません。

それでも、ソラは来る日も来る日もふたりを待ち続けました。

そうしてあるときようやく、ふたりの少年が生まれ変わりました。

色黒少年のほうは偶然にも、賀茂茄子神社の神主の息子として、そしてもうひとりは遠く離れた東の都に、やはり色白な男の子として生まれてきたのです。

もちろんその彼らにソラとの記憶はありません。

それでも、ソラは遠い日に交わしたあの約束を守るため、ふたりの縁を結ぶため、西へ東へと駆け回ったのです。

しかし、ソラが留守にしているわずかな間に、愚かな人間たちによって、神社は燃やされてしまいました。

そうしてソラが住む場所を失い途方にくれていたときです。

深いため息をついたソラに、成人し神主となっていた色黒少年が言いました。

「ため息ついとったら幸せが逃げてまうで。せからほら、深呼吸をするんや。まずは、これでもかってくらい息を吐きだす。そしたら今度は新しい空気をたっぷり胸に取りこむんや……ほな、ちょっとはスッキリするやろ？」

気持ちを落ち着けたソラは、神主をやめた色黒の青年と共に、東へと旅に出ます。

そしてとうとう、東の都で、立派に成人した色白少年との運命の再会を果たすと、昔の記憶を思いだしたのです。

そこでふたりの青年とソラは、みんなで仲良く、小さなお店を開くことにしました。

ソラが大好きなナスを育て、ナスを使ったおいしい料理を作り、たくさんのお客さんに振る舞ったのです。

ある日、色黒少年だった青年が言いました。

「ソラっていうんは画数がよくない。青い空を意味する〝蒼空〟と書いて『蒼空《そら》』に改名しろ」

色白少年だった青年は笑って、彼の提案に同意します。

「いいね、あの青い空みたいなキミの笑顔にピッタリじゃないか」

そうして、『ソラ』は『蒼空』になり、ふたりの青年がやがて老人となって命尽きるまで、共に過ごしました。

そしてときは巡り——蒼空はまた、生まれ変わったふたりを見つけたのです。

ひとりは賀茂茄子神社の神主の末裔の男の子。もうひとりは色白な女の子。

「ほんなら、今度はどないして引き合わせたろ？　せや！」

二階は、ソラだったときの思い出と、蒼空だったときの思い出が詰まった書庫と庭に。

一階は、多くの人の笑顔とナスであふれる店にしよう。

まっ青な空の下、ふたりの縁《えにし》を結ぶため、蒼空は今日もたくさん頑張るのでした。

おしまい

あとがき

学生時代、よくいろんなカフェへ行きました。和風カフェ、北欧風カフェ、スイーツが売りのカフェ、紅茶のおいしいカフェ……そこで友人と甘いものを食べながらおしゃべりを楽しむのが好きでした。もちろん、本を片手にひとり静かに楽しむこともありました。私にとっては、忙しない現実世界をほんのひととき忘れさせてくれる『異空間』のような存在、疲れたときに癒してくれる場所――カフェはそんな大切なところです。

そして、ナス。私の周囲にいる人は、ナスを見ると私のことを思い浮かべるらしいです。そのくらい堂々と、ナス好きを公言してきました。

そんな私がナスを好きになったきっかけは、祖父が庭で野菜を育てていたことです。幼い頃、夏になると北海道に住む祖父の家へ遊びに行き、ミニトマトやししとう、そしてナスを収穫させてもらっていました。自分で育てたわけではないのですが、実った野菜を自分の手でもぎ取る、というのがとても楽しかったことを覚えています。そんな経験から夏野菜全般が好物になったのですが……それはともかく、カフェとナス、自分の好きなモノをこれでもかと詰め込んで書いたのがこのお話です。

なお、本作に出てくる料理は、実際に自分で作ったことのあるものがほとんどですが、中にはレシピ本やネットに出ていた調理法を参考に、想像だけで書いたものもあります。

ですので、この作品を読んでナス料理が作りたくなった方がもしいらっしゃいましたら、ぜひちゃんとしたレシピを探してお試しください。

ナスは世界各国で食べられていること、スイーツとしても楽しめるのだということを、たくさんの人に知ってもらえると、自称・ナス親善大使としては至極光栄です。


ここでお礼を。「小説家になろう」＆「お仕事小説コン」の存在を教えてくれて、投稿を勧めてくれた友人Nちゃん、プロットを練るときなどに沢山ご助言くださったI河さま、おふたりには感謝してもしきれません。

また、拙い作品ながら目に留めてくださったマイナビ出版ファン文庫編集部の皆さま、改稿時に丁寧にアドバイスをくださった濱中さま、山田さま、とても素敵な表紙を描いてくださったおかざきおか先生、本当にありがとうございました。

そしてこの本を読んでくださった皆さまに、茄子神様のご加護がありナスように。またどこかでご縁があることを願っています。

二〇一八年　ナスのおいしい季節に。　矢凪この物語はフィクションです。

実在の人物、団体等とは一切関係がありません。

刊行にあたり『第3回お仕事小説コン』優秀賞受賞作品、『エッグプラネットカフェ～茄子神様が舞い降りた店～』を改題・加筆修正しました。

■参考文献

『まるごと楽しむナス百科』山田貴義（農山漁村文化協会）
『おもしろふしぎ日本の伝統食材〈1〉なす―おいしく食べる知恵』奥村彪生（農山漁村文化協会）
『「旬」がまるごと　2009年9月号　なす』（ポプラ社）
『まるごと、おいしいなすレシピ』浜田峰子（ネコ・パブリッシング）
『日本茶・紅茶・中国茶・健康茶』大森正司監修（日本文芸社）
『個人ではじめる、小さなカフェ』渡部和泉（旭屋出版）
『ふつうの女性がカフェを開いて10年続ける方法』飯盛麻純（彩図社）
『JA全農おかやま』http://home.oy.zennoh.or.jp/

矢凪先生へのファンレターの宛先

〒101-0003　東京都千代田区一ツ橋2-6-3　一ツ橋ビル2F
マイナビ出版　ファン文庫編集部
「矢凪先生」係

ファン文庫

茄子神様《なすがみさま》とおいしいレシピ
～エッグ・プラネット・カフェへようこそ！～

2018年8月20日　初版第1刷発行

著　者　　矢凪
発行者　　滝口直樹
編　集　　濱中香織（株式会社イマーゴ）
発行所　　株式会社マイナビ出版
〒101-0003　東京都千代田区一ツ橋2丁目6番3号　一ツ橋ビル2F
TEL　0480-38-6872（注文専用ダイヤル）
TEL　03-3556-2731（販売部）
TEL　03-3556-2735（編集部）
URL　http://book.mynavi.jp/

イラスト　　おかざきおか
装　幀　　AFTERGLOW
フォーマット　ベイブリッジ・スタジオ
DTP　　株式会社エストール
印刷・製本　図書印刷株式会社

 ISBN978-4-8399-6733-8
Printed in Japan

ファン文庫

繰《く》り巫女《ひめ》あやかし夜嘶《よばなし》
～かごめかごめかごのとり～

著者／日向夏
イラスト／六七質

とんとんからん、とんからん。
古都が舞台の、あやかし謎解き糸紡ぎ嘶第２弾。

古都の玉繭神社にある機織り小屋で、
今日も巫女・絹子は布を織る。
そしてまた、新たなる事件が始まった……。

Fan
ファン文庫

運命屋《サダメヤ》
～幸せの代償は過去の思い出～

著者／植原翠
イラスト／イリヤ・クブシノブ

「猫の木」シリーズが大好評の著者が大胆に描く、
現代ダークミステリーが誕生！

「どんな未来をお望みかしら？」
記憶を代償に未来を変えることのできる魔女、
僕は彼女とつながっている……。

ファン文庫

吾輩が猫ですか!?

著者／小山洋典
イラスト／tono

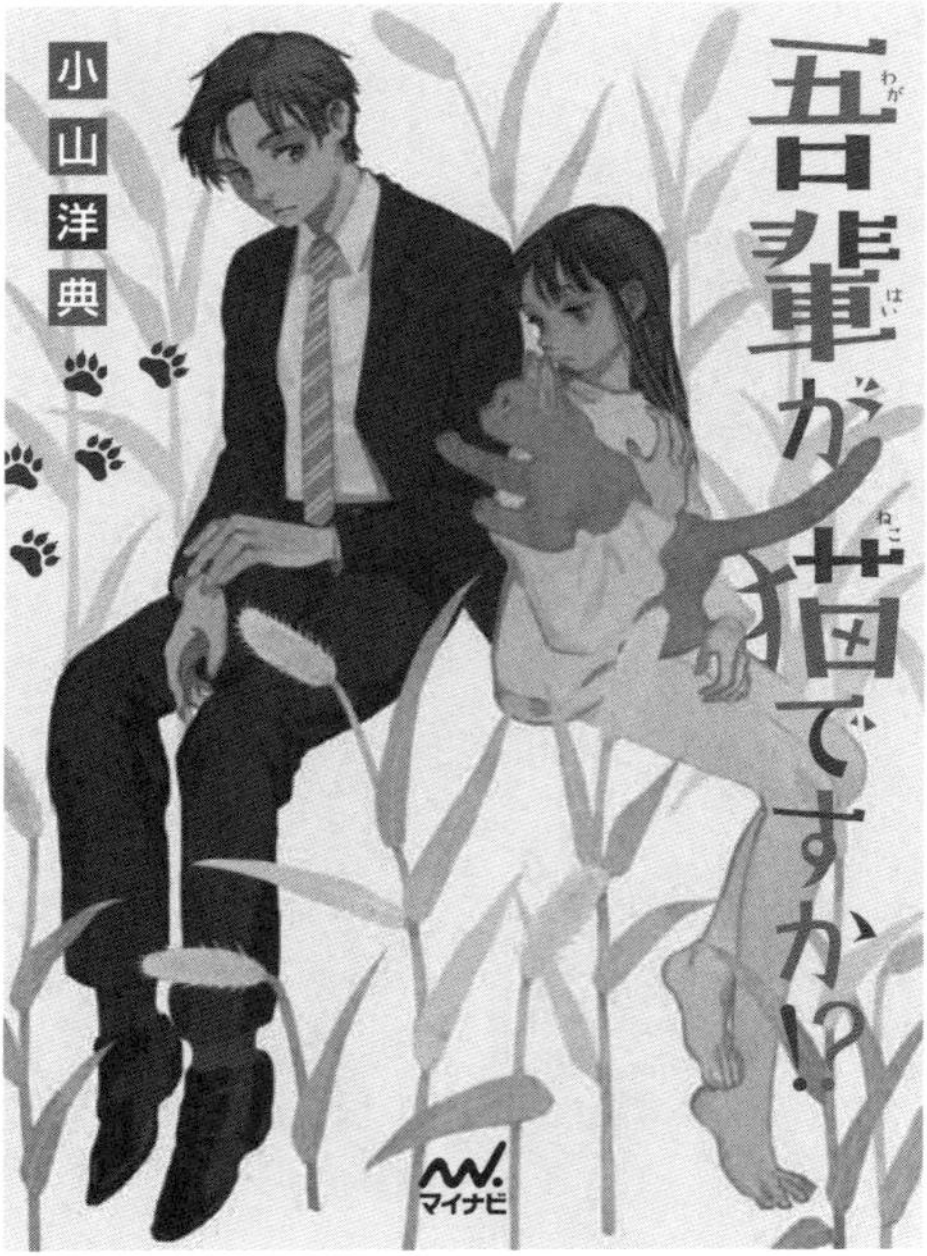

アラサーリーマン猫になって、
引きこもり女子高校生を救え！

サラリーマンからなぜか猫になった明智に、
神様から引きこもり女子高生の柊を救えという試練が……。
試練を乗り越えて明智は人間に戻れるのか!?

Fan
ファン文庫

東京謎解き下町めぐり
～人力車娘とイケメン大道芸人の探偵帖～

著者／宮川総一郎
イラスト／転

観光の街「浅草」には
実はとんでもない秘密が隠されていた。

「君に流星をプレゼントしよう」

満天の星空から流れる一筋の光。

不思議な青年との出会いが物語の始まりだった！

Fan
ファン文庫

河童の懸《かけ》場《ば》帖《ちょう》 東京「物《もの》ノ《の》怪《け》」訪問録
～夏の木立に雪が舞う～

著者／桔梗楓
イラスト／冬臣

現代――。あやかし達だって、
悩みながらも一生懸命、生きています。

さまざまな事情を抱えながら
現代の都会で逞しく暮らす妖怪たちの
悲しくも温かい物語。

ファン文庫

万国菓子舗　お気に召すまま
～満ちていく月と丸い丸いバウムクーヘン～

大人気シリーズ、
ますます美味しい第5弾！

注文されたお菓子はなんでも作る博多の“和洋”菓子店「お気に召すまま」はサボり癖のある店主・荘介とアルバイト・久美のコンビで今日もほっこり営業中。

著者／溝口智子
イラスト／げみ